婚活食堂9

山口恵以子

文芸文庫

○本表紙デザイン＋ロゴ＝川上成夫

目次

主な登場人物

玉《たま》坂《さか》　恵《めぐみ》——四谷《よつや》のしんみち通りにあるおでん屋「めぐみ食堂」の女将《おかみ》。以前は占い師として活躍したが、今はささやかな力で人と人との縁を結ぶ手伝いをしている。

真《しん》行《ぎょう》寺《じ》　巧《たくみ》——大手不動産賃貸会社「丸真《まるしん》トラスト」社長。めぐみ食堂の入るビルのオーナーでもあり、恩人である尾局與《おつぼねあたえ》の遺言《ゆいごん》により、恵をサポートし続けている。

江《え》差《さし》清《きよ》隆《たか》——邦南《ほうなん》テレビ報道局の『ニュースダイナー』プロデューサー。

播《ばん》戸《ど》慶《よし》喜《のぶ》——四谷にある浄治《じょうち》大学経済学部教授。AI婚活で結婚した由子《ゆうこ》との間に子供が出来る。

沢《さわ》口《ぐち》　秀《しゅう》——四谷にある岡村《おかむら》学園の事務職員。ボランティアで「特定班」の活動をしている。

山《やま》添《ぞえ》ありさ——秀の高校時代の後輩で、介護福祉士だが、月島の訪問介護を担当している。

二《に》本《ほん》松《まつ》　楓《かえで》——秀の高校時代の同級生で、調剤薬局に勤める正義感の強い薬剤師。

二本松　翠《みどり》——楓の歳《とし》の離れた姉で、東京地方検察庁のやり手の検事。美人で恋多き女。

名《な》高《だか》宗《むね》久《ひさ》——社会福祉法人の代表で、昨年亡くなった妻に瓜二《うりふた》つの恵に心を寄せる。

月《つき》島《しま》朔《さく》太《た》郎《ろう》——元高級官僚。高級マンションで介護サービスを利用しながら一人で暮らす。

月島　昴《すばる》——朔太郎の息子で昆虫学者。

笠《かさ》原《はら》　蓮《れん》——東陽テレビの『ニュース2・0』ディレクター。

碇《いかり》　南《な》朋《お》——蓮の同期で、東陽テレビのスポーツ局のディレクター。

一皿目

縁は異なもの鯵《あじ》なもの

五月は、日本の四季の中でも一番過ごしやすい時期の一つだろう。空は青く冴《さ》え渡り、木々の緑は濃く色づき、吹き渡る風は爽《さわ》やかで、気候は夏の暑さとも冬の寒さとも縁遠く、ほんのり暖かだ。

ゴールデンウイークが終わり、街は再び日常の姿を取り戻した。

玉坂恵《たまさかめぐみ》は店の暖簾《のれん》を出そうと路地に立ち、ふと空を見上げた。近頃はすっかり日が長くなり、間もなく午後六時になろうとしているが、周囲はまだ明るい。師走《しわす》の頃は五時には日が落ちて、辺りはすっかり暗くなっていたものだが。

ま、おでんには冬の方がありがたいんだけどね。

恵は心の中で呟《つぶや》いて立て看板の電源を入れ、「準備中」の札《ふだ》を裏返して「営業中」にすると、店の中に入った。

恵の営《いとな》む「めぐみ食堂」はおでん屋で、季節ごとの旬の料理も提供しているが、主力はおでんだ。おでんといえば鍋《なべ》で、鍋といえば冬の風物詩。これから夏にかけて気温は上がり、日は延びる。おでん屋で一杯やろうという気分になりにくい。

それでもお客さんに足を運んでもらえるように、日々の努力は欠かせない。

恵は店に設《しつら》えた小さな神棚《かみだな》に向かって、そっと手を合わせた。今日も無事に一日が終わりますように……。

　ここは四ツ谷《よつや》駅にほど近いしんみち通り。百五十メートルほどの長さの狭い路地だが、両側には低層のビルが建ち並び、七十軒以上の飲食店が軒を連ねている。アルコールを提供する居酒屋系の店が一番多いが、他にも喫茶店、中華料理店、洋食レストラン、そして外国料理の店が何軒もある。内容もスペイン、フランス、メキシコ、スリランカ、アフリカ、アジアと幅広い。

　お客にとってありがたいことに、どの店も敷居《しきい》の高い高級店ではなく、リーズナブルに飲み食い出来る安心な店ばかりだ。

　それというのも四谷《よつや》には、聖イグナチオ教会、迎賓館《げいひんかん》、ホテルニューオータニ、そして大学をはじめとする各種学校施設が多く存在し、文教、風致《ふうち》地区に指定されている番町《ばんちょう》・麴町《こうじまち》地区や明治神宮外苑《がいえん》からも近い。だから、ぼったくりバーやいかがわしい店は営業できないのだ。

　めぐみ食堂は、四ツ谷駅からしんみち通りに入って、終点に近い場所にある。ちなみにこの路地で、路面店のおでん屋はめぐみ食堂だけだ。周囲と比べてひときわ新しいビルの一階部分の三分の二がチェーン店のうどん店、三分の一がめぐみ食堂になっている。

ビルが新しいのは、数年前に隣の店が火事を出し、元の店舗が全焼してしまったからで、開店してからはすでに十五年近く経《た》つ。三年以内に約七割が閉店するといわれる飲食店業界にあって、十五年も続いたのはかなり頑張っている方だろう。

十五年の間には様々なことがあったが、すべてがあって今があると、恵は達観している。何より嬉《うれ》しいのは、開店当初から通い続けてくれる常連のお客さんに恵まれたこと。そして店を訪れたお客さんが、少なからずリピーターになってくれたことだ。

そんなお客さんたちに支えられて、恵の今がある。

「こんにちは！」

その夜の口開けのお客さんは、織部杏奈《おりべあんな》と麻生瑠央《あそうるお》の女性二人組だった。二人とも初夏にふさわしいパステルカラーのワンピースを着て、杏奈はストール、瑠央はボレロを羽織《はお》っている。

「いらっしゃい。今日はお二人とも一段とおきれいね。店の中がパッと明るくなったわ」

恵はおしぼりを差し出しながら、二人の華《はな》やかな装《よそお》いを眺《なが》めた。

「どこか、お出かけでした？」

今日は土曜日なので、杏奈は仕事が休みなのだろうか。瑠央は童話作家だから、毎日が日曜日のようなものだが。

「それがね……」

杏奈が口火を切ったが、瑠央も目を輝かせている。二人とも話したくて仕方ないといった顔つきだ。

「愛茉《えま》さんが結婚したのよ！」

恵は咄嗟《とっさ》にその名を思い出せなかった。

「ほら、浄治《じょうち》大のJオケでクラリネット吹いてた……」

「ああ、あの愛茉さん」

やっと思い出した。弓野《ゆみの》愛茉は杏奈と瑠央と同じ浄治大学の卒業生で、有名な海外ブランドに勤める女性だった。人目を引く派手な美貌《びぼう》の持ち主で、恵が出会った当初は玉《たま》の輿《こし》願望が強かった。

そして、杏奈たち三人にもう一人の浄治大OGを加えた四人で、一人の男性を争うという、人気の恋愛リアリティ番組『バチェラー』のような展開になっていた。

「それは良かったですね。おめでたいことです」

それで二人の華やかな服装の理由が呑《の》み込めた。

「もしかして、その結婚式の帰りですか？」

二人は揃《そろ》って頷《うなず》いた。

「それがね、もうびっくりなの……」

後を続けようとする杏奈を、瑠央が制した。

「まず、飲み物頼もうよ。愛茉さんの結婚を祝して、シャンパン！」

恵は胸の前で手を合わせて謝る格好《かっこう》をした。

「ごめんなさい。うち、スパークリングワインしか置いてないんです。カヴァなんですけど」

おでん屋でシャンパンを注文するお客さんは……まずいない。

「あら、カヴァで十分。シャンパンと同じ製法で作ってるんだから」

瑠央は少しもこだわらず、嬉しそうな顔のまま答えた。

「今日はロジャー・グラートのロゼと、クロ・モンブランのプロジェクト・クワトロの白をご用意してます。酒屋さんが言うには、どちらも辛口《からくち》ですっきりしてると」

「それじゃ、ロゼにします。お祝いだもの、ピンクがいいわ」

瑠央が確認すると、杏奈も嬉しそうに頷いた。二人で来店したときはいつも、先輩で収入も多い瑠央が奢《おご》るので、アルコールは瑠央が選ぶのがお決まりだ。

「恵さんも一緒に如何《いかが》？」

「ありがとうございます。いただきます」

恵はフルートグラスを三つカウンターに並べ、ロジャー・グラートの瓶《びん》の栓《せん》を抜いて、泡《あわ》がこぼれないように慎重に注《つ》いだ。

「それでは、愛茉さんの幸せを祝して！」

「乾杯！」

三人はカチンとグラスを合わせ、カヴァに口を付けた。細かく泡立つ薄桃《うすもも》色の液体が、ほのかな香りを放ちながら、喉《のど》を滑《すべ》り落ちた。

「それで、お式は如何でした？」

水を向けると、杏奈が「それがね……」と続きを語り始めた。

「すごい地味婚。披露宴っていうより、ただの食事会。人数は二十人ちょっと。何しろ会場がホテルでもレストランでもなくて、なんと、キッチンスタジオだったのよ！」

「キッチンスタジオ？」

恵は困惑した。キッチンスタジオというのは、文字通り調理設備の完備されたスタジオで、雑誌や書籍、テレビなどが料理の撮影に使う場所だ。そんな所で結婚式が挙げられるのだろうか？

恵の疑問を察したように、瑠央が補足した。

「あのね、神保町《じんぼうちょう》にあるスタジオなんだけど、椅子《いす》とテーブル、それに食器も揃ってて、撮影だけじゃなくパーティー会場としても使えるようになってるの。そこにケータリングで料理を取って、みんなでワイワイやりながらお祝いしたわけ。乾杯用にシャンパンだけは五本くらい用意してあったけど、あとは缶ビールと缶チューハイ、ウーロン茶」

「まあ」

それはずいぶん経済的だろう。しかし、一生に一度の晴れ舞台としては、いささかシンプルすぎる気もする。

瑠央に続いて、杏奈も言った。

「ウエディングドレスもケーキ入刀もなし。私、愛茉さんなら四回はお色直しすると思ってたのに」

恵は二人のお通しに大皿料理を取り分けた。二品で三百円、「五品全部載せ」で五百円だが、二人は……というより、ほとんどのお客さんは五品全部載せを選ぶ。

今日のメニューは、シラスと大葉《おおば》の出汁《だし》巻き卵、ヤムウンセン風サラダ、新ゴボウのタタキ、ゼンマイのナムル、春キャベツと豚コマの塩昆布炒《しおこんぶいた》め。

いつもの出汁巻き卵に旬のシラスと大葉をプラスした一品は、切り口に大葉の緑が映《は》えるのがミソだ。それだけで初夏の爽やかさが漂《ただよ》ってくる。

ヤムウンセン風サラダは、剝《む》きエビと春雨《はるさめ》を茹《ゆ》でる他は、材料を切ってピリ辛味の調味料と合わせるだけでよい。めぐみ食堂で出すのは初めてだが、今やタイ料理は日本に浸透しているので、お客さんにも違和感はないはずだ。

新ゴボウのタタキは、今の季節しか食べられない新ゴボウの柔らかな食感を味わってもらいたいので、素材の味がよく分かるように、シンプルに調理した。

春キャベツと豚コマを炒めた料理は無数にあるが、味付けに塩昆布を使うのが新しい。最近塩昆布を使う料理が流行《はや》っているのは、塩気と出汁を両方兼ね備えていることから、調味料として優《すぐ》れていると周知されたからだろう。

恵が大皿料理を取り分けている間も、杏奈は愛茉と夫が知り合った経緯《けいい》を話してくれた。

「……なれそめが交通事故っていうのも、愛茉さんぽくなくて、笑えるわ」

愛茉は仕事先から銀座本店に戻る途中、若い男性がタクシーと接触しそうになった場面に遭遇《そうぐう》したのだという。横断歩道でもない所を渡ろうとした青年に非があるのだが、青年は歩道に倒れ込んだ。抱《かか》えていたクラッチバッグの中からスケッチが歩道に散乱した。

「それで、愛茉さんが助け起こしたら、お礼もそこそこに、散らばったスケッチをかき集めたそうなの」

「そのとき、連絡先の交換とか？」

杏奈は大きく首を振った。

「全然。相手もバツが悪かったのか、逃げるように立ち去ったんですって。普通ならそれでお終《しま》いなんだけど……」

杏奈は言葉を切って、目の前に置かれたお通しの皿を見た。

「美味《おい》しそう。それに、すごいきれい」

杏奈が出汁巻き卵を頰張《ほおば》ると、瑠央が代わって先を続けた。

「次の日、契約してるデザイナーの事務所に打ち合わせに行ったら、その事故った男の子が働いてたんだって。新しく採用されたアシスタントで」

「まあ。それはやっぱり、ご縁なんですねえ」

瑠央と杏奈は同時に大きく頷いた。

「ほんとよね。しかもあの愛茉さんが、そのアシスタントに惚《ほ》れちゃったんだから、もう人生不可解としか言いようがないわ」

瑠央はグラスを傾けて、残ったカヴァを呑み干した。気を利《き》かせて杏奈がお代わりを注ぐ。

「お相手はどんな方ですか？」

杏奈と瑠央は素早く顔を見合わせた。

「それが、けっこう頼りなさそうな人なの」

「明らかに愛茉さんより年下よね」

「ええ。どうしてあの人を選んだのかしら。海斗《かいと》先輩にぞっこんだった人が」

「あら、他人《ひと》のこと言えないわよ。あなたのご主人だって、海斗先輩とは似ても似つかないタイプじゃない」

瑠央がからかうように言った。

海斗先輩とは、彼女たちには先輩にあたる浄治大の卒業生で、ＩＴ企業家として大成功を収めている藤原《ふじわら》海斗のことだ。かつて杏奈たち四人の女性が、そのハートを獲得すべく火花を散らした「バチェラー」その人でもある。

ちなみに海斗は四十代半ばだが、年齢よりずっと若々しく、背が高くてハンサムで知的で洗練されていて、すべての女性が心をときめかせる存在といっても過言ではない。そして、いくら周囲に騒がれても、ある事情があって、本人は女性にはまったく無関心だった。

話を戻すと、杏奈が夫に選んだ織部豊《ゆたか》は出版社に勤めるごく平凡な編集者で、人柄《ひとがら》は良いが容姿は特別優れてはいない。しかも杏奈とはことごとく価値観が違う。にもかかわらず、二人はご縁で結ばれ、相性の良さに恵まれて、良好な夫婦関係を築いている。

「とにかくね、愛茉さんが言うには、事故に遭《あ》いそうになったとき、わき目も振らずにスケッチをかき集める姿を見て、胸キュンになったんだって」

杏奈はグラスに残ったカヴァを呑み干すと、手酌《てじゃく》で注ぎ足した。

「知り合って三ヶ月だから、結構なスピード婚よね」

「ほんと。デキる暇もないわ」

「私たちも結婚式の通知もらったの、先月の半ばなのよ。付き合ってたことも全然知らなかったし、ほんと、びっくりしたわ」

瑠央は、壁のホワイトボードに書かれた「本日のお勧め料理」を見上げた。

茹で空豆、鯵（刺身または香味塩麹《しおこうじ》ソースのカルパッチョ）、鰹《かつお》（刺身または梅塩麹マリネ）、ホタテとセロリのレモン炒め、シラスと空豆のアヒージョ、エビと空豆の茶碗蒸《ちゃわんむ》し。

空豆、鯵、鰹、シラスはすべて五月の旬の食材だ。

季節のおでんは新ジャガ、蕗《ふき》、筍《たけのこ》の野菜トリオがそろい踏みをしている。

「恵さん、最近、塩麹に凝《こ》ってるの？」

「実は、お客さまからちょっと良いお品をいただいたんです。せっかくだから使おうと思って」

瑠央は「なるほど」と独《ひと》り言《ご》ちた。

「確かに、これだけ塩麹レシピが流行ってるってことは、調味料として使いやすいのよね」

「そうですね。塩味が優しいから、何と合わせても失敗がなくて、安心して使えます」

「じゃ、私、鯵のカルパッチョと鰹のマリネ、それとアヒージョ下さい。茶碗蒸しはシメによくない？」

瑠央が訊《き》くと、杏奈は勢いよく頷いた。

「いいですね。シメにぴったり！」

恵は注文を受けて調理に取りかかった。

まずは鰹の梅塩麹マリネ。これは梅干しと塩麹、オリーブオイルで作ったタレに鰹のサクを三十分から一時間浸《つ》け、切って皿に並べて香味野菜を飾っただけ。……と言ってしまえば身も蓋《ふた》もないが、鰹は塩を振って十分ほど置き、余分な水分を出してから熱湯を回しかけ、氷水で冷やして水気を拭《ふ》き取ってから浸けてある。

このひと手間があるのとないのとで、味が違ってくるのだ。

杏奈はひと切れ口に入れて、ほんの少し目を見開いた。

「梅風味が爽やかで、すごく食べやすいわ。鰹もタタキばかりじゃないわね」

「タタキっていえば、私、高知で塩タタキを食べたわ」

「塩タタキ？」

「鰹のタタキを塩とワサビでいただくの。お好みでニンニクのスライスを添えて。先週高知で食べたんだけど、美味しくてびっくりしたわ」

「きっと鰹自体が新鮮なんでしょうね」

恵は手を動かしながら口を添えた。

「うん、それは絶対。最近、お刺身でも『お塩でどうぞ』って言う店、増えたでしよ。あれ、鮮度に自信がないと出来ないと思うわ」

「そうですね。昔から白身のお刺身にポン酢と紅葉《もみじ》おろしを出してくれるお店はありましたけど、お塩を出す店は限られてましたよね」

恵は包丁《ほうちょう》を使いながら記憶を手繰《たぐ》った。二十年から三十年前になるが、かつて人気占い師だった時代、接待で高級な寿司屋《すしや》や料亭《りょうてい》に連れて行ってもらった。その中のどこかの店で、初めて「お塩でどうぞ」を体験した……。

仕上げているのは鯵のカルパッチョの香味塩麴ソース。これは塩麴とオリーブオイル、みじん切りにした生姜《しょうが》とニンニクを混ぜたソースを鯵の刺身にかけ、水菜、キュウリ、プチトマトを飾った料理。

刺身と塩麴を使う点で鰹のマリネと似ているようだが、鯵と鰹の違い、味付けの違いで、まったく別物になる。

「でも、知り合って三ヶ月のスピード結婚だと、愛茉さんのお相手は、まだアシスタントのままですか？」

「そうなの！」

杏奈が勢い込んで答えた。

「愛茉さん、『彼が一人前のデザイナーになるまで、私が支えてゆきます』って言うの。びっくりしちゃった」

「変われば変わるもんよねえ。ある意味、現代の『かぐや姫』みたいだった人が」

恵が知己《ちき》を得た当時、愛茉は自分の美貌に絶対の自信を持っていた。事実、求愛してくる男性を「誰が最も自分を幸せにしてくれるか」の基準で冷徹《れいてつ》に品定めしていた。その結果、最高点だったのが藤原海斗で、だから獲得に燃えたのだった。もっとも、海斗は愛茉に求愛したことなどなかったが。

「ああ、このカルパッチョも美味しい！　さっきの鰹とは全然違う味ね」

鯵をひと切れ口に入れた瑠央が声を上げ、カヴァのグラスを傾けた。スパークリングワインは生魚との相性も悪くないので、日本料理に合わせても安心だ。

「結局、愛茉さんにとっては運命の人だったのね。だから見栄《みえ》とか虚栄心とか、全部かなぐり捨てたんだと思うわ」

不意に、瑠央がしみじみとした口調で言った。

その言葉につられて、恵もふと思い出した。千波《ちなみ》のことだ。

旧姓吉本《よしもと》千波は、高名な美容整形外科クリニック院長の娘で、いわゆるセレブだった。結婚相手のＤＶが原因で離婚した後、セレブ再婚を目指してセレブ向けの結婚相談所に登録し、お見合いを繰り返していた。ところが千波が選んだのはＪＯＣ

S（日本キリスト教海外医療協力会）の医師で、今は二人でケニアに住んでいる。

めぐみ食堂を取り上げたテレビ番組に登場してくれたのだが、現在の生活を垣間《かいま》見《み》たら、千波は夫を支え、異国の地で生き生きと生活していた。巻き髪とネイルがトレードマークだったのに、髪はパーマっ気のないベリーショートで、顔も完全なノーメイクだった。それでも東京でお見合いを繰り返していた頃より、ずっと魅力に溢《あふ》れていた。

千波は「自分を幸せにしてくれる人」ではなく「自分が幸せにしてあげたいと思う人」に巡り会い、伴侶《はんりょ》となって共に人生を歩んでいる。だからセレブ生活を捨てても、一切悔《く》いがないのだろう。

――きっと愛茉さんも同じなのね……。

恵は声に出さずに呟いた。

ご縁と相性に恵まれないと、結婚生活はうまくいかない。愛茉は今、愛という入り口から結婚に至った。これから先がどうなるかは神のみぞ知るだが、愛茉の人生が実り多いものになるように、恵は祈りたくなった。

アヒージョの小鍋にオリーブオイルとニンニクのスライス、赤唐辛子《あかとうがらし》を入れて火にかけると、やがてニンニクから香りが立ってくる。そこにシラスと薄皮をつけたままの空豆を加え、油を回しかけてゆくと……。

「ああ、たまらない、この香り」

杏奈と瑠央は同時に鼻をひくひくさせた。鼻腔《びこう》に入り込んだニンニクの香りが、新たに食欲中枢を刺激する。

「お待ちどおさまでした」

塩で味を調《ととの》えたら火を止め、カウンターに木製の鍋敷きを置いて、小鍋ごと提供する。小鍋の中ではまだオリーブオイルがぐつぐつと煮立っている。

「お熱いのでお気をつけて」

恵はバゲットを薄く切って皿に並べ、小鍋の脇に添えた。

「アヒージョにシラスと空豆って、珍しくない？」

瑠央は具材を小さなスプーンですくい、ふうふうと息を吹きかけた。

「シラスも空豆も和食のイメージなので、ちょっと目先を変えてみました。どちらも今が旬ですから」

答えながら、ふと「アヒージョが日本で広まったのは、いつ頃からかしら？」と呟いた。

今や居酒屋では定番のおつまみだが、恵の若い頃はスペイン料理店でないとアヒージョを提供していなかった気がする。

「バルが増えてからじゃないですか？」

杏奈が旨味《うまみ》の染《し》み出たオイルにバゲットを浸《ひた》して言った。

「そうね。私もバルで食べたのが初体験だった気がするわ」

瑠央もオイルにバゲットを浸したが、口に運ぶ前にカウンターを見上げた。

「恵さん、次、おでんだけど、お勧めある？」

「今日はまず、新ジャガと蕗と筍ですね。旬の野菜トリオ」

「じゃ、まずそのトリオ。杏奈さんは？」

「私も同じで」

旬の野菜トリオでアヒージョの油を流し、おでんモードに突入する。メニューの組み立ては上々だ。

「お酒は、オーソドックスに喜久酔《きくよい》。一合、グラス二つね」

瑠央はバゲットを口に入れ、最後のカヴァで舌を冷やしてから、もう一度しみじみと言った。

「でも、良い結婚式だったよね」

思い出したのか、瑠央は遠くを見る目になった。

「ご主人のこと、本気で愛してるのよ。だから結婚式じゃなく、二人の将来のためにお金を使うと決めて、徹底的な地味婚にしたのよ。今の彼女にとっては、見栄とかもうそんなことどうでもいいのね、きっと」

「はい。私、あんな穏《おだ》やかな顔の愛茉さん、初めて見ました」

杏奈も真摯《しんし》な口調で言った。

「それに、良い結婚式だなって思いました。二人がラブラブだから、こっちもすごく幸せな気持ちになって、みんな和気藹々《わきあいあい》でしたよね。ケータリングの餃子《ぎょうざ》も美味しかったし」

出前のオードブルをはじめとする宅配料理は、式を盛り上げる小道具の役目を十分に果たした。気の合った人と楽しい気分で食べれば、特別高級でなくとも、たいていの料理は美味しいものだ。

「なんだか、羨《うらや》ましい」

「何言ってるんですか。瑠央さんの春はこれからですよ」

杏奈は冗談めいた口調で言って、軽く肩を叩《たた》いたが、瑠央の瞳《ひとみ》が潤《うる》んでいるのを見て、一瞬息を呑んだ。

恵はカウンターからぐいと身を乗り出した。

「瑠央さん、羨ましいなら、婚活あるのみですよ」

瑠央は照れたような笑《え》みを浮かべた。

「いやだわ、今更《いまさら》」

「何を仰《おつしや》ってるんですか。ここは天下の婚活パワースポットですよ。大船に乗った気で、婚活始めて下さい」

恵がドンと胸を叩くと、杏奈も瑠央もつい笑い声を立てた。


それからめぐみ食堂には二人、三人とお客さんが入ってきて、杏奈と瑠央が帰る頃には満席になっていた。

「ありがとうございました」

十時が近づくとお客さんの波も引き、十時を回ると最後に残ったお客さんも勘《かん》定《じよう》を済ませた。

土曜日だし、早仕舞《はやじま》いしようかな。

そんなことを考えていたとき、入り口の引き戸が開いた。

「いらっしゃいませ！」

つい声を弾《はず》ませたのは、入ってきたのが藤原海斗だったからだ。

「いいかな？」

海斗は空《から》のカウンターを前に、遠慮がちに尋ねた。

「もちろんです。どうぞ、どうぞ」

恵は素早くカウンターから出ると、入り口にかけた「営業中」の札を裏返して「準備中」に変え、暖簾を仕舞い、立て看板の電源を落とした。

「貸し切りにしましたから、どうぞごゆっくり」

「悪いな。まだ早いのに」

「そうでもないんですよ。流行病《はやりやまい》以来、お客さんのお帰りが早くなりましたから」

以前は閉店時間の十一時を過ぎても粘《ねば》るお客さんが結構いたが、今は十時を過ぎると帰り支度《じたく》を始めるお客さんがほとんどだ。深夜まで呑む習慣が廃《すた》れてしまうと、終夜営業の店は打撃だろうと、恵は他人事《ひとごと》ながら心配している。

「お飲み物は如何《どう》しましょう？」

恵は残っている大皿料理を取り分けながら尋ねた。

「そうだなあ……」

海斗はホワイトボードを見上げた。売り切れの品は線を引いてあり、残っているのはホタテとセロリのレモン炒め、茶碗蒸しの二品だけだ。

「茶碗蒸しもらおうかな。軽く食べたから、もうそんなに入らない。飲み物はどうするかな」

茶碗蒸しやおでんには喜久酔が合うのだが、もしかして日本酒の気分ではないのかもしれない。

「今日はスパークリングワインで、ロジャー・グラートのロゼと、クロ・モンブランのプロジェクト・クワトロの白がありますけど？」

「あ、いいね。クロ・モンブラン下さい。恵さんも一杯どう？」

「ありがとうございます。いただきます」

恵はいそいそとグラスを二脚取り出し、カウンターに並べた。

藤原海斗は超イケメンで、おまけに貸し切りで宴会を催《もよお》して、たっぷりお金を使ってくれる上客だった。大事にしないとバチが当たる。

しかし恵が好意を感じる理由はそれだけではない。常に節度をわきまえ、他人を尊重する心遣《こころづか》いがあるからだ。

「乾杯！」

グラスを合わせてクロ・モンブランを喉に滑らせた。今日二杯目のスパークリングワインだ。

「藤原さん、今日、おめでたいことがあったんですよ」

杏奈と瑠央が訪れて、愛茉の結婚を報告してくれたことを話すと、海斗は片方の唇《くちびる》をほんの少し吊《つ》り上げて、やや皮肉に微笑《ほほえ》んだ。

「田代《たしろ》君といい、芦川《あしかわ》さんといい、どうも僕の周囲にいる女性は、みんな恋に落ちて結婚するみたいだな。結婚相談所の経営者としては、やや複雑な心境だ」

田代とは杏奈の旧姓で、芦川夏美《なつみ》は海斗の結婚相談所で働く婚活アドバイザーだ。二人とも簡単に言えば恋愛して結婚した。

「でも弓野君の結婚は、とても良い話だね。彼女は勇気がある。正直、見直したよ」

海斗は愛茉の前途を祝して、もう一度グラスを挙げた。

海斗はＩＴ企業家だが、事業の一環として、ＡＩ診断を利用した結婚相談所の経営も手がけている。ＡＩで会員男女の価値観を診断し、価値観の近い相手を紹介するシステムで、成婚率はＡＩを用いない相談所に比べて、三割ほど高いという。

「そういえばいつか、恋愛感情に溺《おぼ》れると冷静な判断力が鈍《にぶ》るから、結婚しても破局する例が多いって、仰ってませんでした？」

「うん。今でもそう思ってるよ」

海斗はあっさり頷いた。

「だから、弓野君の結婚がうまくいくかどうか、僕には分からない。しかし、それと彼女の決断に敬意を覚えるのとは違う話だ。彼女は相手の財力や権力に目がくらんで結婚したわけじゃない。相手の才能に可能性を感じて、自分が支えて成功させたい、そのために苦労してもいい、そう思って結婚したわけだ。立派だと思うよ」

海斗はスパークリングワインを、もうひと口呑んでから先を続けた。

「昔は愛情表現として『ひと苦労してみたい』と言ったそうだ。良い言葉だね。今の若い人には、理解できないのかもしれないけど」

そんな言葉を聞くと恵は少しおかしくなる。何故《なぜ》なら海斗は人間の女性に愛情を抱《いだ》くことが出来ず、ＡＩを内蔵した一種のロボットに「マヤ」と名を付け、恋人にしているからだ。

「そうだ、恵さんも言ってたよね。ダメだと分かっていても、お互い好きならその気持ちを貫くべきだ、ダメになったらまたやり直せばいいって」

「はい。そうでしたね。私は、今もそう思っています」

人は「出来る限りやった」と納得すれば、結果はどうあれ、次に進んでいける。だが、「出来るのにやらなかった」という思いは、人の心を停滞させ、腐らせていくのだ。

恵は海斗のグラスにお代わりを注ぎながら、目元で笑いかけた。

「ところで藤原さん。近々お宅の相談所に、新しい入会希望者が現れるかも知れませんよ」

「へえ。僕の知ってる人？」

「麻生瑠央さん」

「ああ」

海斗は「なるほど」と続く言葉を呑み込んだ。

「良い選択だろうね。彼女は童話作家だから、家での執筆がメインだ。伴侶にふさわしい男性と知り合う機会は少ない。自《みずか》ら積極的に動かないと、難しい」

「私もそう思うんです」

瑠央はすでに三十半ば過ぎだった。結婚を望むなら、そして子供を望むなら、ぐずぐずしている暇はない。

「ただ、ちょっと難しいと思うのは、瑠央さんは童話作家としてある程度の地位を築いていますでしょ。相手に求める理想も高いんじゃないかと……」

もし藤原海斗クラスの男性を望むなら、それは難しいだろう。海斗のような男性、つまりイケメンで社会的地位も財力もある男性は、結婚相談所で伴侶を探したりはしないからだ。

「それは婚活を始めないことには、分からないよ。田代君は全然価値観の合わない相手と結婚したし、弓野君は玉の輿とはまるで逆の相手を選んだ。『縁は異なもの味なもの』という言葉を思い出すね」

恵はまたしてもおかしくなったが、神妙《しんみょう》な顔で頷いた。

翌週の金曜日は、口開けからお客さんがよく入り、満席になった。その代わり引けるのも早く、九時過ぎから次々に帰って行き、九時半には誰もいなくなった。

さすがに九時台で早仕舞いはしたくないし……。

カウンターの中でちょっと気を揉《も》んでいると、引き戸が開いて新しいお客さんが入ってきた。

「いらっしゃいませ」

「こんばんは」

今や常連の仲間入りを果たしつつある沢口秀《さわぐちしゅう》で、連れが二人いた。二人は初めての顔だが、年齢は秀と同じくらいだ。

三人はカウンターの正面から右寄りの席に腰を下ろした。連れの二人は珍しそうに店内を見回している。

「ここが秀の隠れ家《かくが》？」

「まあね」

「渋いわね。カウンターだけの店って」

「ここ、おでん屋さんだけど料理もいけるのよ。上に載ってる大皿料理はお通しなの。二品で三百円、五品で五百円」

秀はほんの少し得意そうに説明した。

「それじゃ五品を頼むしかないわよね」

「皆さま、お飲み物は如何しましょう？」

恵は笑顔で三人におしぼりを手渡した。

連れの二人は「何が良いの？」と問うように、秀の顔を見た。

「ママさん、スパークリングワイン、ある？」

「はい。今日はイタリアのスプマンテで、ヴィッラ・サンディ・プロセッコと、ガンチア・ブリュットをご用意しています」

連れの二人は感心したような眼《め》で秀を見た。

ちなみにイタリアで作られるスパークリングワインは、すべてスプマンテと呼ばれている。中でもヴェネト州で作られたものをプロセッコと呼び、フランスのシャンパン、スペインのカヴァと並び、世界三大スパークリングワインと称されている。

「どっちが良いかしら？」

「そうですねえ……ヴィッラ・サンディでしょうか。シャンパンより売れているって、酒屋さんが言ってましたから」

「じゃあ、それ、瓶でもらうわ。グラス三つね」

「はい、ありがとうございます」

グラスを用意している間に、秀は料理の説明をしてくれた。

「ホワイトボードに書いてあるのが、今日のお勧め。おでんは季節の野菜も美味しいけど、何といっても私の一押しは牛スジと葱鮪《ねぎま》、手作りのつみれ。ここの牛スジはコンビニのとは全然違うから、是非食べてみて」

秀は常連感を漂わせ、連れの二人から尊敬のまなざしを向けられている。

「ママさんも一杯どう？」

「ありがとうございます。お相伴《しょうばん》に与《あずか》ります」

恵はヴィッラ・サンディの栓を抜き、グラスを一つ追加して注いだ。

「乾杯！」

女性たちは一斉《いっせい》にグラスを傾けた。

「美味しい。すごくフルーティーね」

今日初めて仕入れた酒なので、秀も初めて呑む味だった。

「紹介するわね。高校の同級生の二本松楓《にほんまつかえで》さんと、クラブの後輩の山添《やまぞえ》ありささん。楓は薬剤師で、ありさは介護士なの」

「そうでしたか。本日はご来店、ありがとうございます」

恵が頭を下げると、楓とありさも会釈《えしゃく》を返した。二人とも美人だが、楓は硬質で意志の強そうな印象を受ける。それに対してありさは柔らかな雰囲気の持ち主だった。

今日の大皿料理は、新ジャガと鯖缶《さばかん》のサラダ、厚揚げの回鍋肉《ホイコーロー》炒め、卵焼き、おから、カブのゼリー寄せ。

新ジャガと鯖缶のサラダは、最近人気の鯖缶を使ったレシピで、手間がかからずさっと作れて、ご飯のおかずにも酒の肴《さかな》にも合う優れものだ。

厚揚げの回鍋肉炒めは、厚揚げとピーマン、玉ネギ、しめじを炒め、市販の回鍋肉ソースで味を付けた。市販品を上手に使いこなすのも、ワンオペの飲食店には必要な知恵だろう。

カブのゼリー寄せは、カブ、椎茸《しいたけ》、鶏肉を鶏ガラスープで煮て、醬油《しょうゆ》で味を調えたら生姜の搾《しぼ》り汁を垂《た》らし、ゼラチンで固める。つまり具沢山《ぐだくさん》スープをゼラチンで固めた料理で、作り置きも出来る。

「鯖缶とポテトって、合うのね。びっくり」

「ゼリー寄せも美味しい」

「みんなお酒に合うわね」

秀がせっせと箸《はし》を動かしながら、さりげない口調で訊いた。

「そういえばありさ、例の人とは最近どうなの？」

「ええ、まあ……」

口ごもると、楓が片方の眉《まゆ》を吊り上げてありさを見た。

「全然進展ないわけ？」

「はあ……」

「だって、東京キー局に戻ってきたんでしょ」

「はい」

「東京転勤の話聞いてから、もう三年じゃない」

「そうなんですけど」

ありさは困ったように声が小さくなった。楓が秀の顔を見ると、秀も楓の顔を見返した。二人の顔には義憤《ぎふん》の表情が表れた。

「東京勤務に復帰したら、結婚するって約束だったんでしょ？」

「それが……」

ありさはもう一度、困ったように肩をすぼめた。

「今のワンルーム、通勤十五分圏内なんで、出たくないって言うんです」

秀と楓が同時に眉を吊り上げた。まさに「柳眉《りゅうび》を逆立《さかだ》てる」という表現がぴったりだ。

「何、それ？」

「そんなの、理由になんないじゃない」

友人二人に両側から責められて、ありさはますます居心地悪そうに肩をすぼめた。

「この際ハッキリ言わせてもらうけど、ありさの彼、不誠実だよ」

「私もそう思う。もう十年も引っ張ってきたんでしょ。いい加減、結論出すべきよ」

「女にとって二十二歳から三十二歳までの十年間って、ものすごく重いのよ。それを何とも思ってないなら、そんな人と一緒になっても、絶対に幸せになれないよ」

ありさは救いを求めるように恵を見上げた。その視線に気が付いて、秀が事のあらましを説明した。

「ありさ、大学の先輩と付き合って、もう十年になるの。それなのに相手は、今になっても結婚の意思表示をしないんだって。それ、どう考えても、見込みないわよね？」

恵は思わず「はい」と答えそうになった。

「あの、彼、テレビ局に勤めてるんです。就職してすぐ地方局勤務になって、ずっと遠距離恋愛だったんです。だから、何となくその流れが続いてて……」

ありさは相手をかばうような口ぶりだった。

「ねえ、ママさん。ありさって、何か変な霊に取り憑《つ》かれたりしてませんか？」

秀は一度恵に目を向けてから、ありさと楓に視線を戻した。

「このママさん、昔はすごい売れっ子の占い師だった人なの。今は占いはやらないけど、でも不思議な力で、人と人とのご縁が見えるんですって。だから、今日ありさを連れてきたの。ママさんに見てもらいたくて」

ありさも楓も、驚いたように恵の顔を見直した。

「もう、占いの力はないんですよ。今はただのおでん屋の女将《おかみ》ですから」

恵はあわてて胸の前で両手を振った。

「でも、ありさと今の彼との間にご縁があるかどうか、分かりませんか?」

秀は食い下がった。恵の口からハッキリと「ご縁はない」と言ってもらいたいのだろう。そうすれば、ありさも諦めるかも知れないと思っているのだ。

恵は思わず目を凝らしてありさを見つめた。その背後には確かに光が見える。ありさの気持ちを反映した暖色系の光だ。しかし、それがご縁を示しているのかどうかは分からない。むしろ、そのくすんだ冴えない色合いは、未練と執着《しゅうちゃく》なのかも知れない。

「これは、周りが言ってどうにかなることじゃないと思いますよ」

恵はなるべく三人の女性の気持ちを逆なでしないように、慎重に言葉を選んだ。

「ありささんも、頭の中ではきっと分かっていらっしゃるんでしょう。ただ、気持ちが納得できないんですね」

優しく言うと、ありさは小さく頷いた。

「ただ、相手の方は、ありささんをだまそうとか、そういう邪悪なことは考えていないと思います」

「そうなんです。天然なんですよ、彼」

ありさが少し嬉しそうに答えた。

それを見て恵は「ダメだ、こりゃ」と思った。その男は天然ではない、自分勝手なのだ。しかし、ありさはまだ未練たらたらだった。そういう精神状態の人には、どんな的確な助言も役に立たない。本人が未練を断ち切らない限り、前へ進めないのだ。

秀と楓は互いに顔を見合わせ、小さく溜息《ためいき》を吐《つ》いた。言葉にしなくとも、恵の考えていることは察しがついたらしい。二人とも諦《あきら》め顔だった。

「ねえ、せっかくだからお勧め料理食べようよ」

秀が話題を断ち切るように、ホワイトボードを見上げた。

本日のお勧め料理は、ホタテのピリ辛カルパッチョ、漬《づ》け鯛《だい》の長芋《ながいも》巻き、ローストビーフと二種のディップ、エビと空豆の茶碗蒸し、おでん屋の水餃子《すいぎょうざ》。

「ああ、最初からここに来ればよかった」

秀は胃のあたりに手を当て、悔《くや》しそうに呟いた。

「ローストビーフと茶碗蒸しと水餃子は、来週も出す予定なんです。今週で終わるのはホタテと漬け鯛」

「それじゃ、来週も来ないとね」

秀の言葉に、連れの二人も無言で頷いた。

「カルパッチョと漬け鯛もらって、おでんにする？」

「賛成。私、牛スジと葱鮪、食べたいわ」

「私も」

恵は早速、調理に取りかかった。

まずは漬け鯛の長芋巻きを作る。これは醬油とめんつゆを合わせてワサビを溶いたタレに二十分ほど漬けた鯛の刺身で、細切りの長芋と大葉を巻き、白煎《い》りゴマを振って出来上がり。そのまま食べても美味しいが、醬油とめんつゆに卵黄を落としたタレを絡《から》めて食べるのがお勧めだ。

「つくねの照り焼きに卵黄を付ける感じかしら」

秀が長芋巻きに卵黄ダレを絡めた。

「卵でちょっと濃厚になるみたい」

先に一個、口に入れた楓が言った。

「宇和島《うわじま》の鯛めしが食べたくなってきちゃった」

二個目の長芋巻きに箸を伸ばしながら、ありさが言った。

「宇和島の鯛めしは、炊き込みご飯じゃないんですよ。鯛のお刺身を溶き卵の入ったタレに漬けて、ご飯に載せて食べるんです」

「それ、絶対に美味しそう！」

最後の長芋巻きを頬張っていた楓が言った。

「ママさん、次のお酒、何が良い？」

秀が空になったヴィッラ・サンディの瓶を指さした。

「そうですねえ。おでんなら喜久酔か澤屋《さわや》まつもとがお勧めですけど、ピリ辛がひと皿ありますから、鍋島《なべしま》か遊穂《ゆうほ》で如何でしょう」

「うん、そうする。遊穂一合でグラス三つね」

ホタテのピリ辛カルパッチョは、刺身用のホタテ貝柱《かいばしら》に豆板醤《トウバンジャン》とコチュジャンを使ったソースをかけ、野菜を飾り、最後に韓国海苔《のり》を細かく揉んで散らす。レシピを見て試してみたら、韓国海苔が良いアクセントになっていた。

「海苔が調味料に使えるって、面白いですね」

ありさはホタテの刺身を箸でつまんで、しげしげと眺めた。

「今日は省略しちゃいましたけど、レンコンの薄切りを揚げ焼きにしてトッピングすると、サクサクした食感も加わって美味しいんですよ」

恵は空《あ》いた皿を片付けながら言った。頭の片隅《かたすみ》では、今夜はこの三人が最後のお客さんになるだろうと考えていた。

「そういえば、楓さんのお姉さん、婚約なさったんですよね？」

ありさが訊くと、楓は顔をしかめた。

「寸前までいったけど、ダメだった」

「あら」

「これが本当の愛ではないと気が付いたんだって。それ、結納《ゆいのう》一ヶ月前に言う？もっと早く気が付けっつーの」

「でも、結納の前でよかったじゃないですか。スピード離婚なんかしたら、大変ですよ」

「十七、八の小娘ならいざ知らず、もう四十五なのよ。何が『本当の愛』よ。バカみたい」

楓は苦々《にがにが》しく吐《は》き捨てて、肩をすくめた。

「楓のお姉さんって、検事なの。東京地検でバリバリ優秀」

秀が恵を見て、説明するように言った。

「それはすごいですねえ。判事と検事は、司法試験の成績優秀者しかなれないって聞きましたよ」

「おまけにすごい美人なの。そんでもってモテモテ」

「楓さんのお姉さんなら、おきれいでしょう。でも、優秀な検事で美人でモテモテなんて、なんだかドラマみたい」

いや、今時テレビドラマでも、そこまで出来すぎな主人公は登場しないだろう。

「だから恋多き女で、なかなか一人の男性に決められないのよ」

秀が言うと、楓はさもバカにしたように眉を吊り上げた。

「《恋多き女》って言うと聞こえはいいけど、私に言わせれば恋愛依存症だわ。誰かに恋してないといられないって、アルコール依存症や麻薬依存症と同じじゃない」

「それは言いすぎでしょう。ハリウッドスターなんて、みんな何回も結婚したり離婚したりしてるし」

さすがに秀はたしなめる口調になった。

「うちの姉が、今まで何回、恋愛沙汰《ざた》を起こしたと思う？」

楓はまったく矛先《ほこさき》を収めようとはしない。

「私、最近、姉は男を見る目がないと思うようになった。これまでの恋愛の回数を考えたら、一回くらい本命と出会ってるはずなのよね。それがカスばっか摑《つか》むのは、見る目ないのよ」

恵は楓の姉を知らないが、まったく別のタイプの女性だとは想像できた。それにしても、恋多き女性検事というのは、かなりドラマチックだ。

「楓だってあんまり他人のこと言えないわよ。まだミュージカルの追っかけやってるんでしょ」

「2・5次元ミュージカルと言ってよ」

秀が恵の方を見た。

「2・5次元ミュージカルって、漫画やアニメやゲームを原作にしたミュージカルのこと」

「あのう、『ベルサイユのばら』とかですか？」

「あれはちょっと違う。『テニスの王子様』とか『刀剣乱舞《とうけんらんぶ》』とか、そういうの」

恵は何が「そういうの」か分からなかったが、楓が嬉しそうに付け加えた。

「『刀剣乱舞』はフランスでも大人気で、チケットがソールドアウトになったのよ」

「宝塚《たからづか》の舞台は原作がどうあれ、宝塚ですよね。2・5次元ミュージカルは、有名な俳優さんが役を演じるんじゃなくて、原作のキャラクターがそのまま舞台に現れる感じなんです」

ありさが恵のために説明を補足してくれた。それでも恵はよく分からなかったが、とりあえず話題を変えた。

「皆さん、そろそろおでん、お取りしましょうか？」

三人が一斉に頷いたそのとき、入り口の引き戸が開いて二人連れの男性客が入ってきた。

「あら、いらっしゃい」

一人は邦南《ほうなん》テレビのプロデューサー・江差清隆《えさしきよたか》で、連れの男性は初めて見る顔だった。

「こんばんは……って、今日はどうしたの？　類は友を呼ぶならぬ、美女は美女を呼ぶじゃない」

江差が軽口を叩くと、秀は笑顔で応じた。二人は取材を通して、以前からの知り合いだ。

「お久しぶりです、江差さん」

「こちらこそ、ご無沙汰《ぶさた》してます」

江差は女性たちから一つ置いた席に腰を下ろし、連れの男性は江差の隣に座った。

五十になるやならずといった年齢だろう。髪には白いものが交じっているが、顔はまだ若々しい。知的で、清潔感があった。背がすらりと高く、背筋がピンと伸びて姿勢が良い。若い女性に「ダンディなおじさま」と言われるタイプだった。

「もう食ってきたんで、結構満腹なんだ。軽いもの、適当に見繕《みつくろ》って」

江差はいつもの調子で恵に声をかけ、連れの男性を紹介した。

「こちらは名高宗久《なだかむねひさ》さん。広く福祉事業を展開なさってる方で、取材でお世話になったんだ」

「本日はようこそいらっしゃいませ」

恵はおしぼりを差し出し、笑顔を見せた。すると、なぜか名高は信じられないものを見るように、大きく目を見開いた。

「お飲み物は如何なさいますか？」

「僕はとりあえず小生。名高さんは？」

「私も同じで……」

名高は少しあわてて答えた。わずかに語尾が震えたが、江差は気づかず、秀たちの方を振り向いた。

「最近、活動の方はどう？」

「ぼちぼちです。特に変わったこともなく」

秀は、公開情報を駆使して「国際ロマンス詐欺《さぎ》」グループの正体を暴《あば》く「オシント」といわれる活動にボランティアで関わっている。俗に「特定班」と呼ばれる活動だが、同好の士と作るネットワークは、かなり広範囲に及ぶらしい。

江差は名高と生ビールで乾杯してから、ホワイトボードを眺めた。

「ねえ、この、おでん屋の水餃子って、おでんの汁の水餃子？」

「ご明察」

「前に雲呑《ワンタン》やってたでしょ。あれとは違うの？」

「似たようなものです。ただ、雲呑は小さいので、水餃子にした方が食べ応《ごた》えがあるかと思って」

「これと茶碗蒸しとだったら、シメ、どっちがいいかな」

「量を半分にして、両方お出ししましょうか」

江差はにやりと笑って名高を見た。

「この店、こういうところが好きなんですよ」

名高は黙って頷いた。そして、じっと恵を見ている。

恵は秀たちの注文したおでんを皿に取りながら、名高の視線が気になった。じろじろ見られるのは人気占い師時代に慣れているが、名高の視線は好奇心とは別の感じがする。

「あら、ほんと。コンビニのおでんと全然違う！」

牛スジの串に齧《かじ》りついたありさが、目を丸くした。

「コンビニのおでんの牛スジはメンブレンっていう、ハラミの外側の白い膜《まく》が多いんだって。ここはアキレス腱《けん》とか横隔膜《おうかくまく》とか、色々入ってて、牛スジ肉って感じでしょ」

蘊蓄《うんちく》を傾ける秀の横では、楓が葱鮪を串から齧り取って、うっとりと目を細めた。

「葱鮪、美味しい。マグロがとろけそう……」

楓は皿を傾けて、おでんの汁をすすった。

「汁も美味しい。昆布と鰹、それに他の味も……」

「鶏ガラですよ」

恵は笑顔で答えた。

「お店を始めたばかりの頃、お客さまに教えていただいたんです。鰹と昆布の他に、鶏ガラを入れるとコクが出るよって」

「ここね、出汁を取った後の鶏ガラも、出してくれるの。前に食べたことあるけど、超美味しかった。一日二個限定なんで《スペシャル》っていうのよね」

秀が言うと、楓もありさも羨ましそうな顔になった。

「今度はうんとお腹空《なかす》かせて早目に来て、スペシャルも食べたいわ」

「そうよね。お勧めメニューも、もっと食べたいし」

恵は茶碗蒸しの容器を蒸し器に入れ、おでんの出汁を小鍋に取り、餃子を入れた。江差たちはもうあまり食べられないようだ。

「あの、ママさん、突然すみませんが」

名高が遠慮がちに声をかけた。

「はい？」

振り返ると、名高はひどく真剣な顔をしていた。

「お姉さんか妹さんはいらっしゃいませんか？　あるいは歳《とし》の近い従妹《いとこ》とか？」

「妹ならおりますが」

「そ、その方は今？」

「結婚して札幌で暮らしています。旦那《だんな》さんが北海道の人なんで」

名高は少し落胆《らくたん》した様子で、おしぼりで額《ひたい》を拭《ぬぐ》った。

「大変ぶしつけな質問で、申し訳ありません。その、生き別れになった双子《ふたご》の姉妹とかは……」

みなまで言わずに、諦めたように溜息を吐いた。恵の呆《あき》れた顔で分かったのだろう。

「いったい、どうなさったんですか？」

江差も名高の態度に不審を覚えたようだ。

「すみません。実は、ママさんが、昨年亡くなった家内に生き写しなんです」

恵も江差も脇で聞いていた秀たちも、「えっ」と声を漏《も》らした。

「いや、驚きました。こんなこともあるんですね。失礼なことをお聞きして、申し訳ありません」

名高は恐縮して頭を下げた。

「いいえ、奥様に似ているというのは、光栄です」

恵はそれ以上何と答えていいか分からず、助け舟を求めるように江差を見遣《みや》った。

「考えてみれば、それほど不思議なことではないかもしれませんよ、名高さん。世の中にはそっくりな人間が三人いるそうです。多分、恵さんと奥様が、その中の二人だったんでしょう」

江差はテレビ局のプロデューサーらしく、うまく話をまとめてくれた。

「そうなんですね、きっと」

名高はほっとしたように頷いて、生ビールで喉を湿《しめ》した。

「でも、さっきは本当に、心臓が止まるかと思いました。小夜子《さよこ》が……家内は小夜子っていうんです、生き返ったのかと思って」

それから照れ笑いを浮かべ、生ビールを呑み干すと、恵を見上げた。

「すみません、お酒下さい。冷やで」

「銘柄は何にいたしましょう?」

「そうだなあ。喜久酔か澤屋まつもとか……喜久酔一合下さい」

すると江差も続いた。

「それじゃ、私もお相伴します。恵さん、二合ね」

「はい、ありがとうございます」

恵はデカンタに喜久酔を注ぎながら、名高の視線が自分を追っているのを感じた。しかも、その熱量は次第に増えていく。

顔を上げて江差を見ると、江差も名高と恵を見比べて、困ったように眉を寄せている。

なんだか、妙なことになっちゃったかも。

恵は、にわかに胸騒ぎを感じたのだった。

二皿目

灼《しゃく》熱《ねつ》の恋はトッポギ色

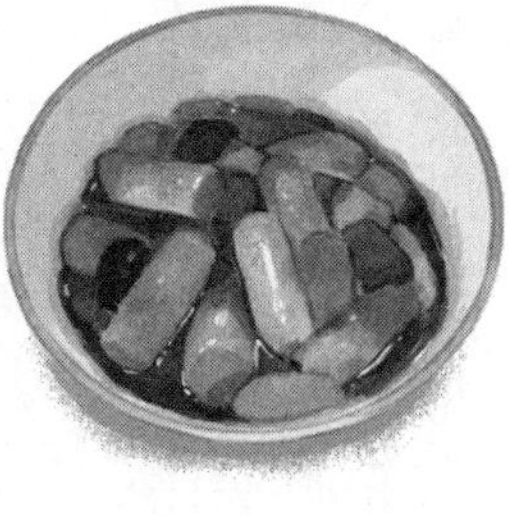

暦は六月に変わったが、梅雨《つゆ》の入りはまだ先で、気候は五月の爽《さわ》やかさをそのまま残していた。

恵《めぐみ》は例年、この五月から六月初めにかけての季節は、理由もなく心が浮き立って、何か良いことが起きるような予感がする。実際は特別何も起きないのだが、明るく爽やかな気候の下で過ごすだけで、人の心は明るくなるらしい。

そして今年の初夏は、ひょっとしたら思いがけないことが起きるかも知れない。名高宗久《なだかむねひさ》という社会福祉事業家が、どうやら恵に強く心惹《こころひ》かれた様子なのだ。決してうぬぼれではなく、相手の思いがひしひしと伝わってきた。

四十歳で夫を失ったときから、本当のことを言えばそのずっと前から、愛や恋とは疎遠《そえん》になっていた。「めぐみ食堂」を始めてからは、店を続けることに夢中で、それどころではなかった。

不思議なもので、一心不乱に店の経営に邁進《まいしん》していると、男性も近寄ってこなかった。おそらく、愛も恋も眼中にないというのが、相手にも伝わるのだろう。

今になって、突然好意を寄せてくれる（らしい）男性が現れたのは、開店から十五年が過ぎて、店も軌道に乗り、日々が順調に過ぎて、恵の気持ちに余裕が生まれたからかも知れない。

あれから名高は週に一、二度の割合で店に来てくれる。店での何気ない会話や、ちょっとした態度物腰からも、育ちの良さと誠実で優しい人柄《ひとがら》が窺《うかが》われた。容姿もかなりレベルが高い。

そういう男性に好意を持たれるのは、決して悪い気分ではない。ちょっと得意に思ったりもする。

だが、気持ちはそこで止まっていて、それ以上先に進まない。

ちょうど、藤原海斗《ふじわらかいと》をカッコいいと思うのと同じだ。素敵な人で終わっていて、その先がない。海斗の人生に関《かか》わろうという気持ちがまるでないからだ。

名高は亡くなった奥さんを熱愛していたから、海斗のようにＡＩしか愛せない変人とは違う。それでも、恵には名高が遠い人に感じられる。自分との接点が見えない……。

「こんにちは！」

その日の口開けのお客さんが入ってきた。

「あら、いらっしゃい」

東陽《とうよう》テレビのディレクター、笠原蓮《かさはられん》と碇南朋《いかりなお》だった。

二人とも夕方のニュース番組を担当しているのに、どうしてこの時間に……と思って、今日が土曜日なのを思い出した。

「毎日お忙しいでしょう」

恵は二人に冷たいおしぼりを差し出した。

「しょうがないですよ。忙しくないと、こっちは商売上がったりだし」

南朋はおしぼりで手を拭《ふ》きながら言った。同じニュース番組のディレクターだが、蓮は報道、南朋はスポーツの担当だ。

「俺、中生！」

「私も！」

蓮はおしぼりを置くと、カウンターに並んだ大皿料理をチェックした。

「きれい。今日は赤が鮮やか。これ、トッポギ？」

「はい。トッポギはモランボンのですけど」

トッポギとは、韓国語で「トック」と呼ばれる餅《もち》を甘辛《あまから》く煮込んだ韓国料理だ。

「これまで韓国料理はチヂミくらいしか出していなかったから、目先が変わって良いかと思って」

「ラッキー。ここでトッポギが出るとは思わなかった」

蓮は嬉《うれ》しそうに他の大皿を覗《のぞ》き込んだ。

恵は、冷蔵庫で冷やしておいた中ジョッキを二つ取り出し、サーバーの生ビールを注《つ》いだ。

今日のラインナップは、ピリ辛トマトトッポギ、鯵《あじ》と夏野菜の南蛮漬《なんばんづ》け、カプレーゼ風サラダ、キュウリと茗荷《みょうが》とナスの即席和《あ》え、卵焼き。即席和えと卵焼き以外は、出盛りのトマトを使っているので、赤が目立つ。

恵が大皿料理を取り分けている間に、蓮と南朋は「乾杯！」の掛け声と共に、勢いよくジョッキを傾けた。

「プハ～！」

二人はどちらからともなく声を漏《も》らし、手の甲で唇《くちびる》の泡《あわ》を拭った。

「このピリ辛、ビールに合う！」

トッポギをつまんだ蓮が、再び生ビールを流し込んだ。南朋も鯵と夏野菜の南蛮漬けに箸《はし》を伸ばした。

「これもイケる。でも、なんで南蛮漬けっていうの？」

「さあ……お魚を油で揚げてあるからかしら」

「そういえばチキン南蛮も、南蛮よね。タルタルソースかけてあるのに、どうしてだろう」

南蛮とは、戦国時代以降にスペインやポルトガルのことを指した言葉だ。南欧にはエスカベッシュという、魚介を油で揚げて野菜と共に甘酢に漬けた料理があるので、そこから由来したと言われている。チキン南蛮は、元は鶏肉を揚げて甘酢に漬けた料理のことだったのが、バージョンアップして今の形に落ち着いたらしい。

「この和え物、箸休めにぴったり。日本酒に合う感じよね」

蓮はキュウリと茗荷とナスの即席和えを食べて言った。

「暑いときは、お茶漬けのお供にもいいんですよ」

蓮は頷《うなず》きながらも、目はすでに壁のホワイトボードのお品書きを追っている。

本日のお勧め料理は、茹《ゆ》でアスパラ、谷中生姜《やなかしようが》、鰹《かつお》のタタキ（薬味醤油《じようゆ》または香味レモンダレ）、スズキ（刺身またはカルパッチョ）、カジキマグロの香草焼き、おでん屋の水餃子《すいぎようざ》。

「香味レモンダレって、どういうの？」

「ニンニク、生姜、茗荷をみじん切りにして、レモン汁と薄口醤油、塩・胡椒《こしよう》、サラダ油と混ぜるの。鰹って、意外と洋風の食べ方も美味《おい》しいから」

「カルパッチョはどういうソースなの？」

「これは普通にオリーブオイルとレモン汁、塩・胡椒。そこに玉ネギのみじん切りを合わせて、ちょっとピリ辛にしてみました」

蓮は少し眉《まゆ》を寄せて考える顔になった。

「私はスズキのカルパッチョかなあ」

「俺《おれ》、鰹のレモンダレにする」

「あとはアスパラと谷中生姜。おでんにいって、シメに水餃子ね」

「俺も同じ」

恵は早速調理済みのつまみを用意した。まずは味噌《みそ》を添えた谷中生姜と、茹でたアスパラガス。アスパラガスにはマヨネーズの他に、茹で卵のみじん切り、オリーブオイル、塩、ビネガーを入れた容器を添える。

「これ、どうやって食べるの？」

「お好きにどうぞ。イタリアでは、各自好きな味付けでアスパラと一緒に食べるそうです。卵も油もお酢も、みんなマヨネーズの材料だから、どれでも合うと思いますよ」

「なるほどね」

二人は、アスパラと添え物の食材を少しずつ合わせて食べてみた。

「身も蓋《ふた》もないけど、俺、マヨネーズが一番好き」

「そうかも」

蓮も南朋もジョッキに残っていた生ビールを呑《の》み干した。

「碇、お酒どうする？」

「当然日本酒でしょ。カルパッチョなら白ワインでもいいけど、やっぱ、生魚は日本酒だよ」

「そうよね。ママさん、お酒、何がいい？」

「今日は石鎚《いしづち》の純米吟醸《じゅんまいぎんじょう》が入ってますけど。絹のように滑《なめ》らかで、フルーツのように瑞々《みずみず》しく、シャープな切れ味……と、酒屋さんが言ってました。白身魚や甲殻《こうかく》類《るい》、貝と相性抜群ですって」

「つまり、割と淡白な魚介と合うってことだな。それ、二合ね」

南朋がすぐさま注文した。

「鰹も、今の時期は戻り鰹に比べてさっぱりしてるから、きっと合うな」

恵は包丁《ほうちょう》を使う手を止めて、日本酒の用意をした。鰹のタタキ香味レモンダレは、市販のタタキを使えば、五分で出来上がる。

「そういえばお二人とも、婚活の方は進んでらっしゃいますか？」

蓮と南朋は恵の勧めに従い、藤原海斗の経営するＡＩを導入した結婚相談所の会員になったのだ。

「それがねえ」

蓮が悩まし気に溜息《ためいき》を吐《つ》いた。

「なんて言うか、ピンとくる人いないのよね。みんな気が弱くて」

蓮は手酌《てじゃく》で石鎚をグラスに注ぎ、口元に持っていった。

「あ、これ、いいかも」

「ＡＩ診断で、価値観の合うお相手を探してくれるはずなんですけどねえ」

恵は、二人の前に鰹のタタキ香味レモンダレの皿を置き、取り皿を二枚添えた。

「価値観が合わないわけじゃないけど、仕事の都合で一度デート断ると、次からブロックなのよ」

ニュース番組のディレクターという職業柄、蓮は休日でも事件が発生すれば、取材に駆《か》けつけることも少なくないらしい。

「一度でも断られると、プライド傷つくみたい。男って自尊心が強いからさ」

蓮は鰹をひと切れつまんで口に放り込み、「うま！」と叫んだ。

「そういう人ばかりじゃないと思いますけどねえ」

蓮は鰹を咀嚼《そしゃく》してから、石鎚を口に含んだ。

「うん。私もそう思う。いつかは理想の人に……は無理かな。でも、バディを組んでやっていける人となら、出会えるかも知れない」

「お前、少し成長したんじゃない。男に理想を求めないのは正解だよ」

南朋は皿に残った鰹の、最後のひと切れをつまみ上げた。

「そう言う碇さんの方は、首尾は如何《どう》ですか？」

元々は南朋の方が、結婚に対して現実的な認識を持っていた。「五十過ぎて結婚する男はみんな再婚だよ」というセリフは、たいそう説得力があった。しかし、南朋は面目《めんぼく》なさそうな顔で答えた。

「実は、もう一ヶ月くらい、アドバイザーと連絡とってないんです」

「まあ。もしかして、アドバイザーの方とうまくいかなかったんですか？」

結婚相談所の会員は、良きアドバイザーと出会うことも大切だ。誰だって相性の悪い人や信頼できない人に、人生の一大事を相談するのは嫌だろう。

「いや、そういうわけじゃないんです。親身になって、一生懸命やってくれてると思います。タイプの人を紹介してくれたし」

「それじゃあ、どこに問題が？」

恵はスズキのカルパッチョを作りながら尋ねた。

「前に紹介された女性、好感度高かったんで、二度目も会うことになったんです」

普通、結婚相談所では、価値観の近い相手を紹介され、その中からオンラインの見合いを経て、互いの了解のもとに会員同士が直接対面する。次のデートに進めるのは、幸先《さいさき》が良いはずなのに。

「ただ、その日、例の賭博《とばく》事件がスクープされて、大騒ぎになったでしょう。俺、取材に行かなくちゃならなくて、ドタキャンしちゃったんですよ」

南朋が言うのは先月報道された、人気スポーツ選手数人が反社組織の運営する賭博場に出入りしていたという事件で、大変なスキャンダルに発展した。

「そしたら彼女、『お仕事が終わるまで待ってます』って言うんで、いつ終わるか分かんないし、夜中になるかも知れないからって言ったんだけど、『待ってます』の一点張りで……」

南朋は夜十一時過ぎにやっと仕事を終え、帰宅できることになった。そして、まさかとは思ったが、待ち合わせ場所のホテルのラウンジへ行ってみた。

「そしたら彼女、いたんです。約束の時間から九時間も経《た》ってたのに……」

南朋はブルッと身を震わせた。

「俺、正直怖くなっちゃって。だって、一度会っただけなんですよ。まだ愛とか恋とか全然ないんですよ。それなのにずっと待ってた彼女が、俺とは別の生き物に見えちゃって」

南朋は石鎚のグラスを傾け、半分ほど残っていた酒を呑み干した。

「彼女、結婚にすごい思い入れがあるんですよね。何としても結婚したいと思ってるんです、きっと。だから九時間も待ってられるんですよ。でも、俺はとてもそんなこと出来ない」

蓮がデカンタを取り、南朋のグラスに石鎚を注ぎ足した。

「碇、見直した。お前、結構まっとうな価値観持ってるじゃん」

蓮は自分のグラスにも手酌でなみなみと注いだ。

「一番しょうもない男ってさ、そうやって九時間も待ってる女を、いじらしいと勘《かん》違《ちが》いするんだよね。俺のことをそこまで愛してくれるのか、とか。単に女が粘着《ねんちゃく》質《しつ》なだけなのにさ」

「ママさんは、どう思う？」

南朋が恵を見上げた。

「難しいですね」

恵はカウンター越しにカルパッチョの皿を置いた。

「でも、なるべく早く次の方と面談なさった方がよろしいと思いますよ。そんなに警戒しなくても大丈夫ですよ。そういう女性は、現実にはあんまりいませんから」

南朋を安心させるように微笑《ほほえ》みながら、恵は高校生の頃、古文の授業で習った平安時代の挿話《そうわ》を思い出していた。

確か、身分の高い貴族が自分に思いを寄せる女性たちに氷の塊《かたまり》を握らせて、忍耐力を試す話だった。みんな途中で冷たさに耐えかねて放り出したのに、一人の女性だけが、手が凍傷《とうしよう》になるまでじっと握り続けていた。それを見てその貴族は、可愛《かわい》さや健気《けなげ》さより、女性の意固地《いこじ》さを不気味に感じてしまうという話だった。

古文の先生は「男の身勝手さがよく出ていますね」と評した。恵は、といえば、確かにその貴族は身勝手だが、不気味さを感じるのも無理ないかも……と思ったのだった。

そのとき、入り口の引き戸が開いた。

「こんばんは」

「いらっしゃいませ」

めぐみ食堂の常連、新見《にいみ》圭介《けいすけ》と浦辺《うらべ》佐那子《さなこ》の事実婚カップルだった。

「私、スパークリングワインね」

席に着くなり佐那子が告げた。新見はごく自然に「僕も」と続いた。佐那子の注文する酒と料理をお相伴《しょうばん》するのが、新見の楽しみなのだった。

「播戸《ばんど》先生と奥様、お元気ですか？」

恵はおしぼりを手渡しながら尋ねた。

「うん。昨日、学食で一緒になった」

播戸慶喜《よしのぶ》は新見と同じ浄治《じょうち》大学の教授で、学部は違うが二人は親交があった。播戸はかつて婚活でひどい目に遭《あ》って懲《こ》り懲《ご》りしていたのを、恵の叱咤激励《しったげきれい》によって婚活を再開し、愛妻・由子《ゆうこ》と結ばれた。そして播戸夫妻には、間もなく第一子が誕生する予定だった。

「彼、奥さんとマタニティスクールに通ってるんだって」

「まあ」

恵は一瞬、男性がマタニティスクールに通ってどうするんだろうと訝《いぶか》った。それを見越したように、佐那子が説明してくれた。

「今、出産は奥さんだけじゃなくて、夫婦の協同事業なのよ。だからご主人も奥さんと一緒に、あれこれお勉強するわけ。出産準備とか、産後のサポートとか」

「ああ、なるほど」

「播戸先生のところは、何しろ初めての出産でしょ。二人ともゼロからの手探りなのよ」

「そうですよねえ」

　播戸は四十半ばで初めて結婚した。由子も四捨五入すれば四十になる。つまり二人は高齢で新婚、かつ初出産なのだ。健康面で注意しなくてはいけないことが色々あるのだろう。

「このご時世だから、リモートでの参加もOKなんだが、二人とも律義《りちぎ》に教室に通ってるそうだよ」

「そりゃあ新婚ですもの、楽しいわよねえ」

　佐那子は同意を求めるように、恵に微笑みかけた。

「スパークリングワインですが、本日はイタリアのお酒で、ヴィッラ・サンディのロゼ、マルティーニ・ブリュット、ガンチア・ブリュットになります。どれにいたしましょう？」

「ロゼをいただくわ。お祝いムードにふさわしく」

　新見はいつものように、にこやかに頷いた。

恵はグラスを二つ用意して、ヴィッラ・サンディの栓《せん》を抜いた。

佐那子と新見は乾杯を終えると、恵にも「一杯どうぞ」と勧めてくれた。

「播戸先生が言うには、マタニティスクールでは自分一人、みんなよりずっと年上だろうと覚悟していたら、案外そうでもなかったと。同年代の男性も二人、来ていたらしいよ」

「まあ、そうですか。でも、それは良いお話ですね」

「時代は変わったのよ。初婚年齢は上がってるし、出産や子育てに協力するのは、当たり前になった。今や男の甲斐性《かいしょう》かも知れないわ」

佐那子の言葉に恵だけでなく、端《はた》で聞いていた蓮まで大きく頷いた。

「播戸先生がそういうお心がけなら、由子さんも心強いでしょうね」

恵は、佐那子と新見に大皿料理を取り分けてから、自分のグラスにヴィッラ・サンディを注いだ。薄ピンク色の液体に、細かな白い泡が浮かび、やがて消えてゆく。

「彼は最近はパスタだけじゃなく、リゾットにも挑戦してるらしい」

新見が鰺の南蛮漬けに箸をつけて言った。

確か由子は、播戸の料理はパスタを茹でて市販のパスタソースと和えるだけだが、美味しいソースを探してくるのが上手《うま》い、と言っていた。すると、果たして……。

「リゾットの素《もと》って、売ってるのかしら？」

恵が思わず呟くと、佐那子が答えた。

「売ってるんじゃないの。この前スーパーで《ガパオライスの素》を売ってたわ。ガパオがあるならリゾットもあるわよ」

するど南朋が声を低くして蓮に言った。

「リゾットはパスタソースでも作れるよ」

「へえ、そうなんだ」

そして感心したように付け加えた。

「碇、えらいね。ちゃんと自炊《じすい》してんだ」

「こういうのは自炊とは言わない。お湯沸《わ》かすだけだから」

その横で佐那子と新見は、お勧め料理の相談に入っている。

「鰹とスズキはいただきましょうよ。和風と洋風、どちらになさる？」

「洋風かな。刺身はスーパーでも売ってるから」

「そうね。カルパッチョならスプマンテにぴったりだし」

相談がまとまったところで入り口の引き戸が開き、新しいお客さんが入ってきた。

「あら、いらっしゃいませ」

先月、沢口秀《さわぐちしゅう》に連れられて来店した女性で、名前は二本松楓《にほんまつかえで》といった。職業は確か、薬剤師……。

「また来て下さって、ありがとうございます。どうぞ、空《あ》いているお席へ」

「ミドリちゃん、こっち」

楓が後ろを振り向くと、もう一人女性が入ってきた。

年の頃は四十代だろう。楓と基本的な顔立ちは似ているが、雰囲気がまるで違う。パッと目を引く華《はな》やかさがあり、顔立ちが美しいだけでなく、人を圧倒する威圧感、あるいはオーラを漂《ただよ》わせていた。

もしかして、これが楓の言っていた姉だろうか？　それなら恋愛依存症の検事ということになるが。

「ママさん、うちの姉です。二本松翠《みどり》」

楓は姉を紹介してカウンターの席に腰を下ろした。

「いらっしゃいませ。女将《おかみ》の玉坂《たまさか》恵です。本日はご来店ありがとうございます」

翠は軽く会釈《えしゃく》すると、珍しげに店内を見回した。

「珍しい店、知ってるのね」

「友達の紹介」

「お飲み物は如何しましょう」

恵は楓と翠におしぼりを手渡して尋ねた。

「ここ、スパークリングワインがあるのよ」

「あら、《びのむ》みたい」

「なに、それ?」

「西麻布《にしあざぶ》にあるおでん屋。鴨出汁《かもだし》の美味しいおでんで、ワインとのマリアージュが素晴らしいの」

「ここも鶏ガラで出汁取ってるんだって」

楓は翠の言葉にかぶせるように言うと、恵を見上げ、スパークリングワインの種類を尋ねてガンチアを瓶《びん》で頼んだ。

恵が大皿料理の説明をすると、楓は早速、全部載せを選んだ。

「ミドリちゃんは?」

翠はサラダと即席和えを指さした。

「私、これとこれでいいわ」

「ダイエットしてんの？」

「野菜が食べたいだけ。ビタミン不足なのよ」

翠はさらりと答え、グラスを取り上げた。

「乾杯」

姉妹は同時にグラスを傾けた。二人とも良い呑みっぷりで、一気に半分ほど呑み干した。

「ああ、生き返った」

翠は首を回して、せいせいしたような顔になった。

「ところで、話って何？」

「パパとママが、あんたのこと心配してんの。いつ結婚するんだって」

楓は危《あや》うくトッポギに咽《む》せそうになった。

「急に、何言ってんのよ」

「親としたら心配なのよ。あんたももう三十……四？　五？　いくつだっけ」

楓は露骨《ろこつ》に顔をしかめた。

「冗談じゃないわ。今まで結婚のけの字も言わなかったくせに、いきなり、何よ」

「あら、そうなの」

「そうよ。普通、娘の結婚を心配するなら、適当な男性を紹介するとか、結婚相談所に入会させるとか、それなりのリアクション起こすもんでしょ。今の今まで何もしないで放ったらかしといて、早く結婚しろなんて、めちゃくちゃじゃない」

翠はガンチアを呑み干してグラスを置いた。

「仕方ないわよ。期待の星の私が出産年齢を過ぎたから、あんたに乗り換えたんでしょ。子供を産めるうちに結婚してほしいのよ」

「勝手なことばっかり。今まで、親と子供は別人格だ、子供の人生には干渉しないとか何とか、偉そうなこと言ってたくせに！」

「私に怒ったって仕方ないでしょ。それに、人間って勝手な生き物なのよ。これまで扱った事件を見ると、つくづくそう思うわ」

翠はガンチアの瓶を取って、手酌でグラスに注いだ。

「パパとママも後期高齢者のわけだし、孫の顔を見ないで死ぬのが寂しくなったんじゃない。親孝行のつもりで、産んであげれば？」

「人のこと、鶏《から》みたいに言わないでよ」

楓も手酌で空になったグラスにガンチアを注いだ。

「大体、ミドリちゃんが悪いよ。どうして一回くらい結婚しなかったの。いっぱいプロポーズされたんでしょ」

「結婚は恋愛の墓場よ」

翠はさらりと言って、ホワイトボードのお勧め料理に目を転じた。

「谷中生姜と茹でアスパラ。それと鰹の香味レモンダレとスズキのカルパッチョ下さい。お刺身はちょっと飽きてきたわ」

「はい。お待ち下さい」

恵は冷蔵庫を開けながら、見るともなく二本松姉妹に目を遣《や》った。視界に入ったのは、翠を取り巻くオレンジ色の光と、楓を取り巻く青白い光だった。

それは二人の境遇を象徴しているように思われた。一方、翠は恋愛を繰り返してきたらしく、それはこれから先も変わらないのだろう。楓は恋愛とは無縁の世界で生きてきて、もしかしたらこれからも、同じ状態が続くのかも知れない。

そんなことを思うと、楓の声が耳に飛び込んできた。

「結婚しなくたって、子供だけでも産んじゃえばよかったのに。そしたら私にお鉢《はち》が回ってくることもなかった」

「検事は激務なのよ。子育てしながらなんて無理」

「検事で結婚して出産した人、いないの？」

「いるわよ。でも、私には無理。子供嫌いだし」

恵はこの翠という女性に、ある種の魅力を感じ始めていた。言いたいことを言い、決して自分に嘘《うそ》はつかない。自分を飾って実際より良く見せようという作為もない。ある意味、正直で素直な人ではあるまいか。

「茹でアスパラと谷中生姜です。こちらの茹で卵、オリーブオイル、塩、ビネガーは、お好みで一緒にお召し上がり下さい」

二人の前にアスパラの皿を置くと、翠は目を輝かせた。

「すごい、気が利《き》いてる。前に、イタリアじゃこうやって食べるって聞いたことあるわ」

翠は茹で卵とオリーブオイルとビネガーをスプーンですくい、アスパラにかけてから口に入れた。楓は谷中生姜に味噌《みそ》をつけて恵を見上げた。

「ねえ、ママさん、うちの姉に結婚の兆候《ちょうこう》、見えない？」

怪訝《けげん》な顔をする翠に、楓が言った。

「ここのママさん、元は有名な占い師だったんですって。今でも男女のご縁が見えるって、友達が言ってた」

するとすると翠はぐいと身を乗り出した。

「それじゃママさん、私より、妹にご縁はありませんか?」

恵は鰹のタタキを皿に並べながら、首を振った。

「すみません。私にはまだ、何も」

「まだってことは、もうちょっとすれば、見えるかも知れないんですか?」

恵は苦笑《にがわら》いを浮かべた。

「ご縁のある方と出会った方には、何となくそんな雰囲気が生まれるみたいで、それを感じることはあります。ただ、お二人にはまだ……」

「残念だわ」

翠は力を抜いて、椅子《いす》の低い背もたれに寄り掛かった。

「この子、男性にも恋愛にも興味ないの。いつかは目覚める日がくるかと思ってたんだけど、その兆候ゼロ。この先、妹が一人寂しく年老いて孤独死するかと思うと、可哀想《かわいそう》で」

「勝手に決めつけないでよ」

楓が目を吊《つ》り上げた。

「私は恋愛より興味のあることがいっぱいあるの。仲の良い友達もいるし。だから寂しくもないし、孤独でもないの」

　そして皮肉な口調で付け加えた。

「それに、ミドリちゃんだって他人《ひと》のこと言えないわよ。独身のまま歳《とし》取って死んだら、私と同じじゃない」

「私には心配してくれる恋人がいるわ、いくつになっても」

　楓はうんざりしたように口の端《はし》をひん曲げた。

「その愚《おろ》かしいまでの自信はどこからくるの？」

「経験」

　恵がひそかに忍び笑いを漏らしかけたとき、翠のバッグの中でスマートフォンの呼び出し音が鳴った。

「パパから」

　翠は画面を見て楓に告げてから、小声で応答した。

「もしもし、パパ、どうしたの？」

　と、見る間に表情が険《けわ》しくなった。

「分かった。すぐ行く」

　翠はスマートフォンを仕舞いながら楓を振り向いた。

「ママが倒れたって。今、救急車を呼んだって」

楓は青ざめて息を呑んだ。翠はあわただしく財布を取り出すと、カウンターに一万円札を載せた。

「ママさん、ごめんなさい。緊急なんで、これで失礼します」

「ご心配ですね。どうぞ、お気をつけて。今、お釣《つ》りを……」

「迷惑料です。取っといて下さい。こちらには、またお伺いします。どうも、ご馳《ち》走《そう》さまでした」

翠は狼狽《うろた》えている楓を促《うなが》して、席を立った。さすがは検事で、少しも取り乱したところがなかった。

姉妹が店を出て行くと、四人の先客たちは、誰からともなく溜息を漏らした。

「あの妹さんに、結婚前の晶《あきら》の姿が重なったよ」

最初に口を開いたのは新見だった。

新見の一人娘・晶は弁護士だったが、仕事に行き詰まり、恋人もなく、将来の展望も描けずにいた。娘の行く末を案じた新見が恵に相談して代理婚活を開始し、親同士の見合いに参加した。その結果、晶は苺《いちご》農園の代表・仁木貴史《にきたかし》と結婚し、弁護士の仕事も続けていた。夫婦仲は円満で、一昨年には子宝にも恵まれた。

「あのとき、仁木君と結婚していなかったら、晶に今の幸せはなかった。それを思うと恵さんには感謝しかないよ」

佐那子もしみじみと言い添えた。

「そうね。それに晶さんが結婚しなかったら、圭介さんも私との結婚なんて考えられなかったでしょうから、私たち、親子二世代で恵さんのお世話になったわけだわ」

恵はあわてて首を振った。

「いいえ、すべてはご縁ですよ。晶さんと仁木さん、新見さんと佐那子さんが結ばれたのも、ご縁があったからです」

南朋が不思議そうに尋ねた。

「ねえ、ママさん、男と女はご縁がないと結婚できないの？」

「……難しいですねえ」

恵は慎重に言葉を選んだ。

「ご縁がない者同士でも、結婚はできると思いますよ。ただ、うまくいかないんじゃないでしょうか」

「ありそうな話」

蓮はデカンタを傾けたが、グラスには石鎚が二、三滴垂《た》れただけだった。

「ママさん、お酒のお代わり、何が良い？」

「今日は山形正宗《やまがたまさむね》の純米吟醸が入ってます。メリハリが利いて喉越《のどご》しが良くて、ワイン好きにもお勧めのシャープでモダンなお酒だって、酒屋さんが言ってました」

「じゃあ、それちょうだい」

恵は山形正宗をデカンタに移しながら、話の先を続けた。

「ただ私は、たとえご縁がない相手でも、お互い好きだったら結婚でも同棲《どうせい》でも、すればいいと思うんですよ。二人で出来る限り努力して、それでもダメだったら諦《あきら》めて、人生をやり直せばいいんです」

四人とも感じるところがあったのか、深々と頷いた。

「うちの娘が幸せになったのを見ているせいか、あの妹さんにも、良いご縁があればいいのにと願わずにはいられない気持ちだよ」

新見はスパークリングワインの瓶に手を伸ばし、残っていた酒を佐那子のグラスに注いだ。

「次は何を呑もうか？」

「おでんに合わせて日本酒にしましょう」

「そうだね」

「お隣と同じお酒にしない？　山形正宗は初めてじゃないかしら」

新見は頷いて、恵に向かって指を二本立てた。

「とりあえず一合で、グラス二つ下さい」

先に山形正宗を注文した南朋が、自分と蓮のグラスに酒を注いだ。

「でも、これからさっきの妹みたいな人、男女共に増えてくると思うよ。この前、ネットで読んだんだけど、生涯未婚の男女の八割が恋愛経験ないんだって」

「ほんと？」

「男の未婚率二十五パーセントのうち二十パーセント、女の未婚率十六パーセントのうち十二パーセントっていうから、どっちも八割くらい」

「それ、考えてみれば妥当じゃないの。普通、恋愛できるなら結婚できるでしょ」

女性の生涯非恋愛の割合が少ないのは、《恋愛強者》の男性によって、二股《ふたまた》恋愛、三股恋愛を仕掛けられるからだという。

南朋は人差し指を立て、胸の前で左右に振った。

「その理由は、若者の意識が変わってきたことなんだよね。昔は恋愛経験がないと『恥ずかしい』が多かったのが、今は『別に恥ずかしくない』が多数派になった。

つまり恋愛が『一度はしてみたい』から『無理してしなくてもいい』に変わってきた……」

蓮はグラスを空にして頷いた。

「まあ、それも分かる気がする。『結婚するまで処女でいなさい』っていうのもアホらしいけど、『いつまでも処女でいるのが恥ずかしい』っていうのも、同じくらいアホだもんね」

恵は、自分の女子大生時代を振り返った。おりしも「女子大生ブーム」が巻き起こっていた頃で、テレビドラマ化された『東京ラブストーリー』が流行《はや》っていた。周囲の同級生たちも、恋愛に貪欲《どんよく》だった気がする。

それに比べると、恵の子供世代に当たる今の若者たちは、自分の趣味趣向に忠実で、世間のブームに踊らされることもあまりないように思う。一世を風靡《ふうび》するようなファッション、音楽、ライフスタイルなどは、久しく登場していない。おそらく、多様化が進んだということなのだろう。

「若者が恋も結婚もしなくなる世の中が、くるんでしょうか」

恵の漏らした呟《つぶや》きに、蓮が浮かぬ顔で応じた。

「そして誰もしなくなった」

その夜は九時までに満席になった。楓と翠が帰った後もお客さんが三組来店してくれて、土曜の夜としてはまずまずの入りだ。

九時半になると、お客さんたちはぽつぽつと席を立ち始めた。流行病《はやりやまい》以来、お客さんの引けるのが早くなっている。

そこへ、一人お客さんが入ってきた。

「いらっしゃいませ」

名高宗久だった。恵は自然と笑顔になった。

「生ビールの小、下さい」

名高は右端から一つ空けた椅子に腰を下ろした。恵はおしぼりを手渡し、サーバーからジョッキに生ビールを注いだ。

「今日は、お仕事で？」

名高は頷いて、丁寧《ていねい》に手を拭《ふ》いた。

「ちょっと厄介《やっかい》な案件が持ち上がりましてね」

ジョッキを差し出すと、名高は喉を鳴らして一気に三分の一ほど呑んだ。お通しのトッポギを箸でつまみ、美味《うま》そうに平らげた。

「お勧め、カジキマグロの香草焼き、下さい。夕飯食べそこなっちゃって」

「あら。それじゃ、先におでんを出しましょうか。おしのぎで」

「そうですね。大根とコンニャク、牛スジ、葱鮪《ねぎま》お願いします」

そうこうしているうちに、二人連れのお客さんが支払いをして帰って行った。カウンターに名高一人になった。

「貸し切りみたいになっちゃって、悪いね」

「いいえ、とんでもない。ゆっくりしていって下さい」

恵はカジキマグロの香草焼きの支度《したく》にかかった。カジキマグロに塩・胡椒と白ワインを振って少し置くと、水分がにじみ出てくる。それを拭き取ると、旨味《うまみ》が濃くなり、生臭《なまぐさ》みも少なくなる。このひと手間で出来上がりの味も違ってくるのだ。

「土曜日までお仕事なんて、大変ですね」

名高は優しく微笑んだ。

「それを言ったら恵さんだって、お店を開けてるじゃありませんか」

「うちはこういう商売ですもの。でも、名高さんのところは福祉関係といってもお役所みたいな感じだから」

「とんでもない。私たちのような仕事は本来、盆も正月もないんですよ。困ってる人には土日もありません」

名高は老人介護施設を経営するほか、幅広く福祉事業を行っていると江差《えさし》から聞いていたが、詳《くわ》しくは知らない。名高が自分の仕事の話をほとんどしないからだ。

「それにしても、日本でも若年失業者が問題になるとは、世の中変わったもんです」

名高は痛ましそうに眉をひそめてから、急に話題を変えた。

「私が子供の頃、パンクロックがイギリスの若者の間でブームになりました。ご存じですか？」

「うろ覚えですけど……みんな髪の毛をツンツン立ててたような」

「そうそう。安全ピンやチェーンをやたら服に付けたりしてね」

あれは一九七〇年代の終わり頃だったろうか。八〇年代に入ると、ロックスターは長髪から短髪に変わった記憶がある。

「あの頃、イギリスは不況の真《ま》っ只中《ただなか》にあって、十代後半から二十代の若年の失業が増えていたんです。パンクロックはそういう若年層の不満を吸い上げて、昇華《しょうか》させた音楽だったんですね。まあ、当時は何も分かりませんでしたけどね」

そう言って名高はジョッキの生ビールを呑み干すと、アルコールのメニューを手に取った。

「澤屋《さわや》まつもと一合下さい。おでんに合うんですよね?」

恵は笑顔で頷き、冷蔵庫から澤屋まつもとの瓶を取り出した。

名高はグラスを傾け、ひと口呑んでから話を続けた。

「あの頃、イギリスでは十代後半や二十代の若者が大勢失業していると聞いて、不思議に思いましたよ。日本では、失業者は中高年と相場が決まっていましたからね」

名高が「日本でも若年失業者が云々《うんぬん》」と言ったことに、恵はちょっと疑問を感じていた。今の日本で、失業した若者が街に溢《あふ》れているとは、聞いたことがない。

「あのう、今でも若い人には仕事があるんじゃないですか。コンビニの店員さんは外国人が多いでしょ。日本人なら採用されると思うんですけど」

「確かに、非正規の仕事は沢山あります。しかし、正規雇用の割合は減っています。運良く正社員に採用されたと喜んでいたら、ブラック企業だったり」

雇用の話をされても、恵には答えようがない。大学生の頃から高名な占い師・尾《お》局與《つぼねあたえ》の弟子《でし》になり、卒業と同時にプロの占い師としてデビューし、たちまち人気を博して一時期はマスコミに引っ張りだこだった。その後、わけあって占い師を廃業し、おでん屋の女将になって今日に至っている。つまり、ずっとフリーランスで生きてきたので、人に雇われたり会社に勤めたりした経験がない。

「最近は特に、貧困状態に陥《おちい》る若い女性が増えています」

名高は福祉事業の一環として、困窮者《こんきゅうしゃ》を救済するNGO団体も主宰《しゅさい》しているという。そのNGOの主な活動は、住まいを失った失業者、夫からのDVや親からの虐待《ぎゃくたい》を逃《のが》れて家を出た女性と子供達を保護し、一時的な住まいと食事を提供することだが、事例によっては生活保護の申請や求職活動のサポートもしている。

「未成年の場合、親からの虐待で家出した子が多いんです。彼女たちが就職や進学を望んでも、保護者の承諾が必要なことが多くて、なんとも悩ましい限りです。それに……」

名高は言いにくそうに声を落とした。

「彼女たちを食い物にしようという悪い大人が近寄ってきます。男とは限りません。管理売春の元締めをやっている女もいますからね。最初は『どうしてあんな人間の言うことを信じるのか』と、悔《くや》しい思いをしましたが、今は理解できます。彼女たちは長年、誰にも理解されずに寂しい思いをしてきたので、優しい言葉をたっぷりかけられると、コロリとだまされてしまうんです」

その話は恵も大いに腑《ふ》に落ちた。寂しさに付け込むのが、人をだます最もたやすい方法であることに。

「大変なお仕事ですね」

恵は感心すると同時に、同情も感じた。名高のしていることは海の水を柄杓《ひしゃく》で汲《く》みだすのに似て、いくら頑張っても、困っている人は世の中からなくならない。

「日々、自分の無力さを感じていますよ」

名高は苦笑を浮かべ、手酌でグラスに酒を注いだ。

「ただ、協力してくれる仲間がいるので、何とか気力を奮《ふる》い立たせて続けています。最近は提携するNGOも出来て、ネットワークも広がりました」

恵はフライパンをガス台に載せ、カジキマグロの香草焼きの調理にかかった。オリーブオイルを敷いてカジキマグロを焼き、仕上げに香草バターを載せれば完成だ。

香草バターはエスカルゴバターとも呼ばれる。みじん切りにしたパセリ、ニンニク、玉ネギと、パン粉、塩をバターに混ぜたもので、一度作っておけば冷蔵庫でバターと同じくらいは保存できる。

「ああ、いい香りだ」

香草バターの溶け出す匂《にお》いに、名高は鼻をヒクつかせた。

「寒くなったら、牡蠣《かき》でもやろうと思うんですよ」

「いいなあ。魚介のソテーなら何でも合うね。チキンもいいと思う」

名高はカジキマグロをひと切れ口に入れて目を細めた。

「お酒、何が合うかな？」

「そう、ですねえ。白ワインもいいですけど、今日は而今《じこん》が入ってます。有名な銘《めい》酒《しゅ》ですけど、洋風の料理と相性抜群なんですよ」

「じゃあ、是非。恵さんも一緒に、どう？」

「ありがとうございます。いただきます」

恵は新しいデカンタとグラスを用意し、乾杯した。華やかな香りが広がって鼻に抜け、舌の上を上品な甘みが滑《すべ》り、儚《はかな》く消えた後に余韻《よいん》が残る。平成を代表する美酒の味に、恵はほんの少し夢見心地になった。

「実はね、名高さんがいらっしゃる前、お客さまと日本の未来を憂《うれ》える話をしてたんですよ」

「ほう」

恋愛にも結婚にも興味を感じなくなった若者たちの話をすると、名高は真剣な顔で頷いた。

「それは個人の趣味趣向が多様化しただけじゃなく、経済状況が影響していると思う。早い話、安定した収入が見込めないと、男は結婚なんて考えられないよ」

「そうでしょうね」

恵が見聞した限りでも、パートナーが無収入で「専業主夫」になっても構わないという女性は少数派だった。高収入の女性は、男性の収入が少ないなら、代わりに見劣りしない「ブランド力」を求める傾向があった。具体的には尊敬される職業、世間的な知名度、高貴な出自《しゅつじ》、のような。

「これは私の持論なんですけど、日本人は恋愛に向いてないと思うんです。苦労せずに異性の心を惹《ひ》きつける『恋愛強者』は三割くらいで、残りは誰かに助けてもらわないと結婚できない『恋愛弱者』なんじゃないでしょうか」

一九八〇年頃まで、日本は男女とも九割以上が、生涯に一度は結婚した経験があるという、いわば皆婚社会だった。それが今や、男性の四人に一人、女性の七人に一人が、五十歳の段階で未婚なのだ。五十歳で未婚の人が将来結婚できる確率は、かなり低い。つまり、日本は今や皆婚社会ではなくなった。

「それというのも、お見合いが廃《すた》れ、仲人《なこうど》おばさんやおせっかいな上司がいなくなり、会社のサークルとか、地域の青年団とか、若い男女が一緒に活動して、交際に発展するような制度がなくなってしまったからだと思うんです」

　そしてセクハラが問題視されるようになり、社内恋愛も減った。振り向いてくれない女性に求愛を繰り返し、ついにプロポーズを承諾してもらった……という、昔のテレビドラマに登場したようなエピソードは、セクハラ告発を恐れる男性たちによって回避されるようになった。

「つまり、経済面でも社会面でも、日本はどんどん結婚しにくい国になっているわけだ」

　名高は恵のグラスに而今を注ぎ足した。

「でも、恋愛強者三割説には大いに納得したよ」

「バレンタインに女子からチョコレートをもらえる男子は、クラスで三割くらいしかいないって、お客さまも言ってました」

　恵はからかうように名高を指さした。

「沢山もらったでしょう」

「いや、ぜんぜん」

「嘘ばっかり」

五十近くなってもイケメンなのだから、若い頃はジャニーズ系だったはずだ。

「同じクラスに、少女マンガから抜け出してきたような奴《やつ》がいてね。学園のプリンスっていうのか、全校の女子はみんな彼に憧《あこが》れてて、私なんか洟《はな》もひっかけてくれなかったよ」

「そんなにイケメンだと、将来が気になりますね」

名高は少し寂しそうな顔になった。

「それが、大学生のときに亡くなった。若年性の癌《がん》だったらしい」

「まあ」

お気の毒に……という言葉を呑み込んだ。同級生だった名高は、きっと心を痛めたに違いない。

「さっき、恋愛にも結婚にも興味のない若い人が増えたって言ってたね」

「はい」

「正直、私はその方がいいと思ってるんだ」

名高はグラスを置いて、自分の心を覗き込むように視線を落とした。

「恋は素晴らしい、一生に一度はした方がいい、というのが普通の考えだけど、私は反対だ。しなくて済むなら、それが一番いい」

しかし、名高は亡くなった奥さんを心から愛していたのではなかったか？　だから奥さんに瓜二《うりふた》つの恵が気になって、店に通ってきてくれるのではないのか？

恵の心に湧《わ》きあがった疑念を察するかのように、名高は目を上げた。

「若い頃、ひどい失恋をしてね。もう二度と立ち上がれないくらい、ダメージを受けた。小夜子《さよこ》と出会って、少しずつ回復していったけど」

恵は黙って頷いて、名高が続きを話すのを待った。

「他に好きな男が出来たとか、あるいは彼女が最初から僕をだますつもりだったとか、それならまだ救われたと思う。原因は僕と彼女にあるんだから」

名高の主語が「私」から「僕」に変わったことで、いよいよプライベートに踏み込んでいる気がした。

「父は地主で、手広く商売もやっていたんだが、もともと政治に興味があったのか、議員に立候補して当選した。区議会議員を一期務めて、僕が小学生のときに都議選に出て、その後も当選を重ねた。だから、都議会でも結構実力者だったと思う」

名高は次男で、政治にはまったく興味がなく、父親の会社を継ぐ気もなかったので、大学を卒業すると大学院に進み、その後教授の推薦《すいせん》で研究室に入った。

「三十手前で、ある女性と知り合った。高校の同級生の紹介で、三歳年下だった。

正直、一目惚《ひとめぼ》れで、身も心もとろけるくらい、彼女に夢中になったが……」

名高の父はある疑獄《ぎごく》事件に関わったとして、収賄《しゅうわい》容疑で東京地検特捜部に逮捕された。

「簡単に言うと、父は罪を認めて起訴《きそ》され、有罪になった。そして、彼女は僕の前から去った」

恵はわけが分からず、名高の顔を見つめた。贈収賄というのは法律違反だが、強盗や殺人とは違う。まして名高の家はそれなりの旧家だったようだから、政治絡《がら》みで逮捕されたからといって、いきなり去ることはないのではあるまいか？

「彼女の家は本人も両親も親戚も揃《そろ》って国家公務員でね。逮捕者の息子と結婚したら、彼女のキャリアは終わってしまうし、家族も大いに迷惑を被《こうむ》る。だから、彼女は自分のキャリアを選択した」

恵は言葉もなかった。世の中にはそういうこともあるのだと、頭では理解できたが、気持ちはついていけなかった。

「しばらくはショックで勉強も手につかなかった。そのうち、学問に対する情熱も失ってしまって、フラフラしているとき、会社を継いでいた兄が急死した。父が逮捕されてから体調を崩していたんだが、無理を重ねているうちに……。それで、僕は研究室をやめて兄の跡を継いだ」

　名高はそこで言葉を切り、而今をひと口呑んで喉を湿《しめ》した。

「今考えれば、それでよかったのかも知れない。経営のことは右も左も分からないから、毎日必死で勉強した。その頃小夜子と出会って、二人三脚でやってきて、何とか会社を立て直すことが出来た。あのときは本当に、亡くなった兄に申し訳が立ったと思いましたよ」

　名高は三年前、兄の息子である甥《おい》が一人前になったのを機に経営権を譲り、社会福祉事業に乗り出した。大学院では福祉に関する勉強をしていたので、やっと自分の進むべき道に立ち戻ったような気がした……。

「名高さんも、随分ご苦労なさったんですね」

　言葉はありきたりだったが、気持ちには真心がこもっている。それが素直に伝わったらしく、名高は穏《おだ》やかな表情で微笑んだ。

「それを言うなら、恵さんこそ、大変な思いをなさってきたじゃありませんか。よく乗り越えられましたね。尊敬します」

　名高はあわてて付け加えた。

「すみません、ネットで調べました。かつて有名な占い師だったと伺ったもので」

恵は、四十歳までは〝白魔術占い　レディ・ムーンライト〟としてマスコミにもてはやされていた。しかし夫が恵のアシスタントと不倫の果てに事故死してしまい、世間から「占い師のくせにそんなことも見抜けないなんて」というバッシングを浴び、活躍の場を失って引退した。いや、それ以前に、事件のショックで「見えないものが見える不思議な力」を失ってしまったので、どのみち占い師は廃業せざるを得なかったのだが。

「気を悪くされたのなら謝ります」

恵は、小さく笑って首を振った。

「いいえ。もう昔のことですもの。名高さんが事情をご存じなら、説明する手間が省《はぶ》けました」

ネット社会になってから、過去の出来事を調べるのは容易になった。同時に、関係者の名前や顔や経歴も、ネット上に刻印されて、保存されることになった。だから、めぐみ食堂にやってくるお客さんのほとんどは、恵の過去を知っている。恵はもう、すっかり馴《な》れっこになってしまった。

名高は改めて座りなおし、恵を正面から見つめた。

「まあ、お話ししたようなわけで、僕は燃えるような恋をしたいという気持ちはまったくありません。ただ、亡くなった妻と過ごした時間を、大切に思っています。穏やかで、信頼に包まれた、かけがえのない時間でした。出来ればもう一度、誰かと同じ時間を過ごしたい。そう願っています」

名高の背後に、明るく温かな光が灯《とも》っているのが見えた。それが自分に向けられた気持ちだと思うと、恵の心も温かな感情が満ちてくるのだった。

名高は十一時少し前に店を出た。

店の外まで見送って、店を閉めようと戻りかけたとき、路地の向こうから歩いてくる黒眼鏡《くろめがね》の男性に目が留《と》まった。

真行寺巧《しんぎょうじたくみ》だった。恵にとっては占いの師・尾局與と並ぶ恩人だ。人気占い師の座から転落した後、めぐみ食堂を開店することが出来たのも、もらい火で店が全焼した後、店を再開することが出来たのも、すべて真行寺のお陰と言っていい。

「いらっしゃい」

恵は真行寺を迎え入れると、立て看板の電源を抜いて暖簾《のれん》を外し、「営業中」の札《ふだ》を裏返して「準備中」にした。

真行寺はカウンターの席に腰を下ろした。

「客足はだいぶ盛り返してきたみたいだな」

「八割方はね。でも、お客さんの引けが早くなったわ」

恵は真行寺の前にグラスを置き、瓶ビールの栓を抜いて注いだ。長年の付き合いなので、好みは知っている。

「どこも似たようなもんだな」

黒眼鏡と呼ぶのがふさわしい濃いサングラスをかけているので、目の表情は見えないが、真行寺は珍しく、明らかに気落ちしている様子だった。

「何か心配事でもありますか？　テナントさんがトラブルを起こしたとか」

「いや、別に」

真行寺はグラスを傾けて、ビールを呑み干した。

「椿《つばき》が店をたたんで東京を離れることになった」

「ええっ！」

朝香《あさか》椿は、銀座の超一流クラブ「カメリア」のオーナーママで、真行寺の経営する「丸真《まるしん》トラスト」の持ちビルの店子《たなこ》だった。それだけでなく、若い頃の一時期、真行寺と愛人関係にあったらしい。

恵は二、三回会っただけだが、一流クラブの経営者にふさわしく、人当たりが良くて聡明《そうめい》で、店の経営も堅実という印象を受けた。そして、華やかな美貌《びぼう》の持ち主でもあった。

「でも、カメリアはお客さんも戻ってきて、経営も悪くないんでしょう。どうして、そんな？」

「本人が、クラブ経営から手を引きたいと言い出した」

真行寺は手酌でビールを注いだ。

「政府の判断で振り回されるのに、つくづく嫌気がさしたらしい。あそこは家賃も高いし、従業員も多いから、休業は死活問題だ」

思い返せば三年前の春以来、何度緊急事態宣言が出されたことだろう。解除か延長かの判断も揺れた。そのたびに全国の飲食店、旅館、ホテル、土産物《みやげもの》店などは、苦しい選択を迫られた。

「故郷の福岡へ帰って、一人で小さなバーでも始めたいと言っていた。もう、従業員を抱《かか》える気力がないそうだ」

その気持ちは恵にもよく分かった。一人で店をやるのと、従業員を雇っているのとでは、経営者としての責任の重さが違う。めぐみ食堂が流行病《はやりやまい》を乗り越えられたのは、従業員がいなかったことも大きい。

「でも、もったいないですね。あんなに有名なお店なのに……」

「むしろ、今が潮時《しおどき》だ。前にも言ったが、高級クラブという業態は既にオワコンだからな。今の常連客が定年で引退したら、続かなくなる。早めに店をたたんだ方が、椿のためだ」

恵は、椿は真行寺に引き留めてほしかったのではないかと思った。別れたとはいえ、お互いに嫌っているわけではない。信頼関係は未《いま》だに続いているのだから。

恵はおでん鍋《なべ》に残った、味の染《し》みた大根とコンニャクを皿に盛り、真行寺の前に置いた。

「この際、椿さんと結婚したらどうですか？」

真行寺はビールを噴きそうになって咽せ返った。恵はあわてておしぼりを渡した。

「大丈夫？」

「お前が変なことを言うからだ」

『そうかしら？　割と自然だと思うけど。椿さんは頭もいいし、しっかりしてるし、結婚してもうまくやっていけるんじゃないですか」

真行寺は露骨に顔をしかめた。

「お前、常々言ってるじゃないか。一度結婚したことのある奴はいくつになっても再婚のチャンスがあるが、一度も結婚したことのない奴は、一生結婚できないと」

「そこまで露骨な言い方はしてませんよ」

「中身は同じだろ。それに、俺もその意見には賛成だ」

真行寺は大根を箸で割って口に入れ、一瞬頬《ほお》を緩《ゆる》めた。

「俺は崩壊した家庭に生まれ育った。だから望ましい家庭のロールモデルがない。そういう人間は結婚に向いてないし、俺もその気はさらさらない」

真行寺は子供の頃、母親がアパートに放火して一家心中を図《はか》った。近くに住んでいた尾局與の機転で何とか助かったが、その際、右の瞼《まぶた》に負った火傷《やけど》が、ケロイドとして残っている。真行寺が夜でも黒眼鏡をかけているのは、その瞼のケロイドを隠すためだった。

「でも、人間、どこで春が訪れるか分かりませんよ」

恵は突然、真行寺の反応を見たいという衝動にかられた。

「実は私、プロポーズされるかも知れないんです」

「そりゃよかった」

真行寺は皮肉そうに片方の眉を吊り上げた。

「いつも客が結婚して、お前が一人取り残されてるんで、気にはなってたんだ。まさに、待てば海路の日和《ひより》あり、じゃないか」

「まだ、申し込まれたわけじゃないんですよ」

「じゃ、頑張れよ。そんな奇特な男、そうはいないぞ」

ほとんどバカにしたような言い方だった。

「ま、お前はバツイチだから、いつでも再婚のチャンスはあるんだろうが……」

言いかけて、真行寺は初めて気が付いたように、まじまじと恵に目を向けた。

「そうか、お前、未亡人だったんだ」

言われて初めて、恵も思い至った。

「そうよね、未亡人よね、私」

二人は同時に、ぷっと噴き出した。

「全然、イメージじゃない」

「ほんと。未亡人、台無し」

それから少しの間、二人は笑いが止まらなかった。何がおかしいのか、恵自身もよく分からなかったが、「未亡人」という肩書が「シンデレラ」や「白雪姫」と同じくらい、場違いに思われて笑いが込み上げたのだった。

笑いながら恵は、今夜真行寺が来てくれてよかったと、しみじみ感じていた。

三皿目

長すぎた春のクスクス

七月が近づくと、恵《めぐみ》は店で出す料理に知恵を絞《しぼ》る。寒い季節は自然とおでん屋に足が向くが、暑くなるとビヤホールに行きたくなるのが人情だ。そこを何とかおでん屋に足を向けてもらうには、料理しかない。季節の食材を使ったメニューを工夫して、お客さんに「めぐみ食堂」を思い出してもらいたい。

季節の食材を使っても、毎回同じ料理では飽きられるから、ときには冒険して、変わり種も作ってみる。

今日の大皿料理は、「揚げナスの花椒《ホアジヤオ》風味」を初登場させた。旬のナスに片栗粉をまぶして高温でからりと揚げ、長ネギ・ニンニク・唐辛子《とうがらし》・花椒を炒《いた》めて塩・胡椒《こしょう》で味を付けた「花椒ソース」と絡《から》めた一品だ。唐辛子と花椒は麻婆豆腐《マーボーどうふ》の調味料だから、ピリリと辛《から》く、食欲を刺激する。アツアツはもちろん、冷めても美味《おい》しいので、大皿料理にもってこいだ。

そして「枝豆のクスクスサラダ」。クスクスは粉のように見えるが、実は極小のパスタで、熱湯をかけて二十分ほど蒸らすと完成する。遠い国の食べ物だと思っていたが、今はインターネットで簡単に買える。それもハラル認証の品が。

戻したクスクスに茹《ゆ》でた枝豆を加え、オリーブオイルとレモン汁、香菜《シャンツァイ》をたっぷり入れて混ぜ、食べるときにレモンクリームをかける。中東風の料理を出すのは、めぐみ食堂初だ。レモンと香菜の風味が爽《さわ》やかで、見た目は緑と黄色で美しい。これも夏にふさわしい一品だろう。

他の三品はキュウリの塩昆布《しおこんぶ》和《あ》え、カボチャとクリームチーズの柚子《ゆず》風味サラダ、トマトと卵の中華炒め。

これでもか、というくらい季節感を出した。

ちょっと頑張りすぎたかな。夏は続くんだから、明日はもうちょっと緩《ゆる》いメニューでいこうっと。

胸の裡《うち》で独《ひと》り言《ご》ちながら暖簾《のれん》を出し、店を開けた。

すると、ほどなく女性が三人入ってきた。沢口秀《さわぐちしゅう》、二本松楓《にほんまつかえで》、山添《やまぞえ》ありさだ。

「いらっしゃいませ。今日は皆さんお揃《そろ》いで」

「この前はごめんなさいね」

真っ先に楓が恵に声をかけた。

「いいえ、とんでもない。お姉さまには過分にお代を頂戴《ちょうだい》して、こちらこそ恐縮です」

「姉もこの店、すごく気に入ったみたい。近々また来ると思うわ」

「あのう、それで、お母さまのお具合は如何《いかが》ですか？」

「ぎっくり腰」

楓はうんざりしたように顔をしかめた。

「父があわて者で、パニクって電話してきたの。もうすっかり良くなって退院しました」

「それはよかったですね」

楓は両隣の秀とありさに、簡単に経緯《けいい》を話した。するとありさが、いたわるような口調で言った。

「でも、転ばなくてよかったですね。高齢者は転んで骨折して、それから認知症が進む場合が多いんですよ」

介護士をしている職業柄、高齢者の病気事情には詳《くわ》しいようだ。恵は以前、浦辺《うらべ》佐那子《さなこ》が骨折したことを思い出した。

「高齢者が転倒して骨折というと、大腿骨《だいたいこつ》かと思いますけど、手の骨折も多いそうですね。手を付いた拍子《ひょうし》に折ってしまう……」

「そうなんですよ。よくご存じですね」

秀が伸びあがって大皿料理を眺《なが》めながら、口を挟《はさ》んだ。

「ねえ、とりあえず飲み物頼もうよ。美味しそうなものばっかり並んでる」

楓もあわてててメニューを手に取った。

「そうね。ええと、何がいいかしら」

「夏はやっぱり泡《あわ》よ。ビールかサワーかスパークリングワイン」

「スパークリングワインにしない？　きれいな料理が揃ってるし」

「賛成。ママさん、今日は何があるの？」

秀が嬉《うれ》しそうな顔で訊《き》いた。どうやら、最初からスパークリングワインの心づもりだったらしい。

「スペインのカヴァで、ラ・ロスカ・ブリュットと、コドルニウ・クラシコ・ロゼが入ってます。どちらも本格シャンパン製法で、コドルニウはスペイン王室御用達《ごようたし》のワイナリーの品だそうですよ」

スペイン王室御用達と聞いて、三人は目を輝かせた。

「それ、それ。スペイン王室万歳《ばんざい》！」

「気分はプリンセス！」

秀と楓ははしゃいだ声を出したが、ありさは心なしか沈んでいる感じがした。

恵はグラスを三つ並べ、コドルニウの栓《せん》を抜いてカウンターに置いた。秀がグラスに注《つ》いでいる間に、大皿料理を取り分けた。クスクス用に小さなスプーンも添える。

「乾杯！」

三人は勢いよくグラスを合わせた。そして真っ先にスプーンを取り、枝豆のクスクスサラダを口に運んだ。

「……美味しい。行ったことないけど、中東っぽいかも」

「おでん屋さんでクスクスが食べられるなんて、思わなかった」

「偶然、料理本で見つけたんです。枝豆は旬だし、やってみようと思って」

「こんな食べ方があるのね。私、クスクスはトマトシチューみたいなのをかけた料理しか知らないわ」

楓はたちまち、クスクスサラダを平らげてしまった。

「私も知らなかったんですけど、クスクスのサラダ仕立てはタブレといって、フランスの家庭料理の定番なんだそうです」

「へええ」

三人は感心したように頷《うなず》いた。

「和風とかハワイ風のレシピもあったので、今度作ってみようと思うんですよ」

大葉《おおば》と茗荷《みょうが》とシラスを混ぜ、ポン酢で味を付けるレシピは暑い夏にふさわしい。そして隠し味にコチュジャンを使った「ポキ風サラダ」や、ミントの葉を使ったサラダも美味しそうだった。

三人の真ん中に座っていた楓が、遠慮がちに尋ねた。

「ママさん、クスクスだけお代わり出来る？」

「はい。大丈夫ですよ」

すると三人は一斉《いっせい》に皿を差し出した。恵は嬉しくなってクスクスサラダを多めに盛ってしまった。

それから二時間ほど後……。

山添ありさは一人、家路を急いでいた。めぐみ食堂で過ごした楽しさは、帰りの電車の中で消えていた。ほろ酔い加減の気分はすっかり冷め、やや蒸し暑い気温とは裏腹に、冷え冷えとしていた。

壮太《そうた》にとって、自分はいったい何なのだろう？

こんな気分のときには、ここ数年、いつも頭の片隅《かたすみ》に居座っている疑念が、大きく膨《ふく》らんでくる。

桐ケ谷《きりがや》壮太とはもう十年越しの仲だった。言葉に出して約束したわけではないが、付き合い始めた当初は、お互い将来結婚することを視野に入れていたと思う。そう、最初は壮太だって、そのつもりでいたはずだ。ありさは今よりずっと若かったが、遊びか本気か、そのくらいは分かる。女の勘《かん》は鋭いのだ。だが、あのときの「本気」は時の流れに少しずつ浸食《しんしょく》され、もはや原形を留《とど》めていない。今、壮太がありさとの結婚を真剣に考えているかどうか、疑わしい限りだ。

これが「長すぎた春」なのだろうか。

壮太とキッパリ別れるべきだと、頭では分かっている。だが、ずるずると続いてきた緩い絆《きずな》が、体のあちこちに纏《まつ》わりついて、「まあ、そう性急に事を荒立てなくても」「十年も待ったんだから、もうちょっと待ってみたら」などと囁《ささや》いて、決心を鈍《にぶ》らせてしまう。

だが、今日決断できないことを、明日になったら決断できるのだろうか？

そう思うとありさの心はさらに冷え冷えとして、凍《こご》えそうになる。まるでアリ地獄か底なし沼にはまってしまったようだ。どうやったらこの負のスパイラルから脱出できるのだろう。

おまけに明日も、月島朔太郎《つきしまさくたろう》を訪問する日だった。被介護者に好悪《こうお》の感情を抱《いだ》いてはいけないことは百も承知だが、月島を相手に過ごす時間を思うと、憂鬱《ゆううつ》で胃が痛くなりそうだ。

悶々《もんもん》とした気持ちを抱《かか》えたまま、ありさは家に入った。

その夜、十時半を回り、そろそろ看板にしようと思っていた矢先、めぐみ食堂にこの夜最後のお客が訪れた。

「あら、いらっしゃい」

江差清隆《えさしきよたか》だった。このところ、しばらく足が遠のいていた。

「小生。恵さんも何かどうぞ」

「ありがとうございます。いただきます」

「つまみはあるもんでいいよ。長居しないから」

恵は自分のグラスを出して、喜久酔《きくよい》を注いだ。

「お忙しかった？」

尋ねてから、野暮《やぼ》な質問だったと気が付いた。テレビマンは毎日忙しいに決まっている。

「いつも通り。何故《なぜ》?」

「この前いらしてから、ちょっとご無沙汰《ぶさた》だと思って」

江差はにやりと笑った。

「何となく、敷居《しきい》が高くなっちまってさ」

「え?」

「名高《なだか》さん、来てるんでしょ」

「ええ、まあ」

「邪魔しちゃ悪いから」

「そんなんじゃありませんよ」

「いや、そうでしょう。少なくとも名高さんは、けっこう真剣だよ」

「そんなに急に進展しませんよ。まだ、世間話程度しかしてないのに」

グラスを目の高さに上げて乾杯してから、そっと口を付けた。

「十九、二十歳《はたち》の若者じゃあるまいし、ひと目会ったその日から……なんてことにはならないの」

「いや、案外分かんないよ。先が短い分、中高年の方が積極的だったりするらしい」

江差は生ビールを呷《あお》ってから、少ししんみりした口調で言った。

「俺《おれ》は恵さんが結婚して幸せになるなら、素直に祝福する。この店をたたんじゃったら寂しいけど、しょうがない。正直、俺は旦那《だんな》にもパトロンにもなれないから、何も言う資格ないし」

「お店をたたむなんて、あり得ないわ」

恵は反射的に言い返した。

「今までずっとこの店と二人三脚でやってきたんだもの」

「それを聞いて安心した」

江差はおどけた口調で付け加えた。

「料理と酒が美味しくて、ちょっと好みの美人ママがいて、胃にも懐《ふところ》にも優しい店なんて、めったにないからさ」

「お褒《ほ》めに与《あずか》って光栄です。私も、長年の相棒《あいぼう》と別れる気はありませんから、ご安心下さい」

恵は改めて、めぐみ食堂が自分の一部になっているのを感じた。喜びも悲しみも共に分かち合って、二人三脚でやってきたのだ。店を手放すなど、とても考えられない……。

めぐみ食堂を始めてから、あっという間に随分時が経《た》ってしまった。思い返すと、気が遠くなるような感慨《かんがい》を覚えるのだった。

数日後の昼近く、碇南朋《いかりなお》は自宅マンションからほど近い調剤薬局で、順番がくるのを待っていた。まさに鬼の霍乱《かくらん》で朝から熱っぽく、咳《せき》もひどく、仕事を休んで近所のクリニックで診察してもらい、処方箋《しょほうせん》をもらってきた。

南朋は薬局の中を見回した。客は高齢者が多かった。そして、ほとんどが大量の薬を渡されている。

「石堂《いしどう》さん、お待たせしました」

白衣を着た女性の薬剤師が、プラスチックのケースにてんこ盛りにされた薬を両手で掲《かか》げて、調剤室から出てきた。

「ああ、二本松さん」

背後から声がした。何気なく振り返ると、後ろの列の椅子《いす》に座っている高齢の女性の方に、薬剤師が近づいていた。一度めぐみ食堂で見たことのある、すごい美人検事の妹だった。楓は女性の前に片膝《かたひざ》をついて屈《かが》み、軽く頭を下げた。

対する石堂という女性は、八十を過ぎているようだ。足元が覚束《おぼつか》ないのか、ステッキを脇に置いていた。

「あのね、この前、別の病院で処方された血圧の薬、飲んだら全身から汗が噴き出して、心臓がバクバクして、もう立っていられないくらいだったのよ。それでも我慢して二日は飲んだんだけど、また具合が悪くなって……。ねえ、本当にあの血圧の薬、飲まなくちゃいけないの？」

石堂は泣きそうな声で訴えた。

「ちょっと待って下さいね」

楓はプラスチックケースの底から、石堂の「お薬手帳」を取り出し、ページを開いた。文字を追う目が、途中で険《けわ》しくなった。

「石堂さん、この血圧の薬、飲まなくてもいいですよ」

「ほんとに？」

石堂はすがるような眼《め》で楓を見つめた。楓は声を潜《ひそ》め、石堂の耳に顔を近づけて言った。

「飲んで具合が悪くなるような薬は、飲んじゃいけないんです」

楓は種類ごとに小分けされた薬の袋を一つ、つまみ上げた。

「いいですか、今日出されたこのお薬だけは毎日飲むようにして下さいね。他は、飲んで具合が悪くなったときは、飲むのをやめて連絡して下さい」

「飲まなくていいの？」

「具合が悪くなるような薬は飲まなくてもいいです」

「ああ、よかった」

石堂は背中の力を抜き、椅子の背もたれに寄り掛かった。

「毎日沢山の薬を飲むのが大変でねえ。胃が変になっちゃって、ご飯が食べられないの」

楓は同情を込めて頷いた。

「今日からはもう、無理しなくていいんですよ」

「先生に怒られないかしら？」

「今度お医者さんに、私の方から訊いてみましょうか」

石堂は嬉しそうに頷いた。

楓はそれからもかいがいしく世話を焼き、石堂を薬局の外まで送り出した。出された薬が大きめのビニール袋いっぱいになっているのを見て、南朋は「あんなに薬が必要なのかな？」と疑問を抱いた。

楓は調剤室に戻り、しばらくするとまたプラスチックケースを手に出てきて、カウンターで南朋の名前を呼んだ。

「碇さん、お待たせしました」

「こんにちは、覚えてないかもしれませんが、この前、四谷《よつや》のめぐみ食堂で……」

楓は訝《いぶか》しげに南朋の顔を見返したが、見覚えがあったようだ。

「ああ、どうも」

楓はテキパキと薬の説明を始め、最後に領収書の金額を示した。処方されたのは解熱剤と咳止めの二種類だけだった。南朋が代金を支払うと、楓は「少々お待ち下さい」と、レジを打った。

「皆さん、薬の量、すごいですね」

楓はわずかに眉《まゆ》をひそめて頷いた。

「高齢の方は、生活習慣病を抱えていらっしゃる場合が多くて。どうしても薬の種類が多くなってしまうんです」

楓が領収書と釣《つ》り銭《せん》を手渡しながら言った。南朋は、自分でもよく分からない感情に動かされて、思わず口走っていた。

「あのう、ぶしつけですが、薬について教えていただけませんか」

「え？」

「うちは僕も両親も健康で、病院のお世話になったことがほとんどないんです。でも、親もだんだん歳《とし》を取るし、少し薬のことも勉強しておきたいと思いまして」

楓は南朋の顔を見返した。真摯《しんし》な態度で、他意があるとは思えなかった。

「いいですよ、私でお役に立つなら」

南朋は白い歯を見せて微笑《ほほえ》んだ。

「ありがとうございます。僕、碇と言います」

楓は差し出された名刺を受け取り、「東陽《とうよう》テレビ　スポーツ局　ディレクター」という肩書を目にして、ハッと息を呑《の》んだ。

「東陽テレビの方?」

南朋が頷くと、楓は重ねて尋ねた。

「報道局に、桐ケ谷壮太って人、いますか?」

「同期です。桐ケ谷が何か?」

「いいえ、別に。友達の知り合いなんです」

楓は言葉を濁《にご》した。桐ケ谷壮太は、山添ありさと十年も付き合っていながら、今も「長すぎる春」を続けている不誠実な男だ。

この人、同期ならあの男の動向も知ってるわよね。他に付き合ってる女がいないかどうか、聞き出してやろう。

楓は胸の裡でそっと呟《つぶや》いた。

南朋はそんな楓の思惑《おもわく》に気づく様子もなく、嬉しそうに続けた。

「じゃ、早速なんですが、今週末にでも、めぐみ食堂で待ち合わせませんか」

めぐみ食堂と聞くと、クスクスサラダと揚げナスの花椒風味の味が舌に甦《よみがえ》り、楓はつい頰《ほお》を緩めた。

「ええ。では、土曜の六時でもいいですか?」

「はい、もちろん」


月島朔太郎は、焼き魚に溢《あふ》れるほど醬油《しょうゆ》をかけた。毎度のことながら、それを見るたびにありさはやりきれない気持ちになる。

「月島さん、塩分は控えめにして下さい。血圧だって高いんですから」

月島は意地悪く唇の端《はし》をひん曲げた。

「この、まるで塩気のない魚で飯《めし》が食えるか」

冷凍で届く介護食は、栄養バランスはもちろん、カロリーや塩分も計算してある。内容はバラエティーに富んでいるが、あまりにも薄味で、ご飯のおかずとして食べるのは確かに辛《つら》い。

「だったら酒をくれ。ハイボールがいい」

「朝食からお酒なんて、ダメですよ」

適度なアルコールは心身に良い影響を与えるが、飲みすぎは禁物だ。

「何故だ？　俺はこれから仕事に行くわけじゃない。日がな一日、ここに座っているんだ。酒くらい呑んで、何が悪い」

「依存症になったらどうするんです？」

「かまわん。俺は十分働いた。依存症で何が悪い？」

「今日は午後からリハビリの方が見えます。酔っぱらってたら、リハビリが出来ないでしょう」

月島はまたしても顔をしかめた。

「俺は要介護4だ。リハビリを続けたところで、3には戻れない。いずれ5になる。バカらしいにもほどがある」

「月島さん、たとえ寝たきりになっても、リハビリは必要です。関節が固まってしまうと、辛いのは月島さんですよ」

「余計なお世話だ」

不機嫌な顔で焼き魚をひと箸《はし》口に入れ、不味《まず》そうに眉間《みけん》にしわを寄せた。

月島は夕食は好みの料理屋から取り寄せて食べている。それなら朝と昼くらい、介護食で我慢すればいいのにと、ありさは食事の世話をするたびに思うのだった。

月島朔太郎は引退した元高級官僚で、都内の高級マンションに一人住まいをしている。定年後は天下りもしたようで、財政状況は潤沢《じゅんたく》だった。奥さんは五年前に亡くなり、娘二人は海外で生活しているという。

身体機能は衰えが進み、特に脚の筋力が低下していた。家の中では電動車椅子を利用しているが、起床と就寝の際、ベッドと車椅子を移動するには介助を要する。ちなみにリハビリパンツを着用しているが、本人はトイレで排泄《はいせつ》しないと気持ちが悪いと言って、必ずトイレに行こうとする。そのたびに介助するのもありさの仕事だった。

もちろん、ありさは介護のプロだから、仕事に好悪の感情は持ち込まない。ただ、月島の尊大さと皮肉の塊《かたまり》のような言動には、つくづく辟易《へきえき》していた。言い換えれば、身体は衰えているのに、頭の方は明晰《めいせき》を保っているのだった。

月島は、介護保険の範囲外でも、各種のサービスをいくつも利用していた。一日三回ホームヘルパーを、週に三回は訪問看護師とリハビリの理学療法士を呼び、週に一度は訪問医の診察を受けていた。

デイサービスは利用しない。一度ケアマネジャーの勧めで利用したら、「あんなボケ老人どもと一緒に、お遊戯《ゆうぎ》や折り紙が出来るか!」と激怒して、他の施設を紹介しても一切耳を貸さずにいる。

住んでいるのは4LDKの高級マンションで、毎週ハウスクリーニングの業者が入り、いつもきれいに片付いていた。さりげなく飾ってある絵や花瓶《かびん》も、きっと高級品なのだろう

三十畳のリビングの壁面の作り付けの棚には、難しそうなタイトルの書籍と、名作映画のブルーレイディスクがずらりと並んでいた。

月島は脚が不自由になってからは、リビングに介護ベッドを置いて寝起きしている。かつて主寝室だった十二畳の部屋には、今は巨大なスピーカーとレコードプレーヤーが鎮座《ちんざ》し、壁一面は昔のレコードを集めた棚になっていた。当初からその部屋でレコード鑑賞をしていたようで、完璧な防音装置が施《ほどこ》されていた。

ありさは月曜から金曜まで、午前と午後、月島の訪問介護をしているが、午後の業務の最後は、月島を「鑑賞室」に移動させ、好みのレコードをセットすることだった。月島は脚だけでなく、手指の動きも鈍化していて、上手《うま》くレコード盤をセッ

トして針を置くことが出来なかった。夕方になると別の介護士が訪問して、夕食から就寝までの世話をする。

初めて月島の介護を担当した日、この部屋に足を踏み入れて、何気なく「あら、タンノイのスピーカーですね」と呟いた。月島は意外そうな顔でありさを見返し、皮肉の混じらない口調で尋ねた。

「今時の若い女性がタンノイを知っているのか」

「亡くなった父がクラシックファンで、レコードも少し持ってたんです。タンノイが欲しいけど、高くて手が出ないって言ってました」

今思えば、次々と介護士がクビを言い渡される中、ありさが二年も月島の担当を継続しているのは、亡き父のお陰かも知れない。月島は過去の名盤をこの上なく大切にしていたので、レコードの扱いが下手《へた》な介護士は我慢できないのだ。ありさは父の薫陶《くんとう》を受けたわけではないが、門前の小僧で、何となくレコードの扱いの知識があった。

ありさは介護福祉士の資格だけでなく、サービス提供責任者の仕事もしているので、事業所では介護計画の立案、ホームヘルパーの指導など、訪問介護以外の仕事がメインだった。しかし、月島を担当できる介護士がいなくなってしまったので、ありさが担当するしかなくなった。

そこまで月島が優遇されるのは、事業所に毎年寄付をしているからだ。他の事業所に移られたら、寄付金を失うことになる。おそらく、月島もそれが分かっているのだろう。

今日も散々に文句を言いながら、朝食を終えた。

「廊下の物入れの下の段にある箱を持ってきてくれ。十あるはずだ」

ありさは言われた通り、廊下に出て物入れのドアを開けた。中はいくつもの棚があって、一番下には小ぶりな木箱が積んであった。箱の蓋《ふた》には墨《すみ》で文字が書いてあり、しっかりした織りの紐《ひも》がかかっている。

運んで行ってテーブルに並べると、月島は「ご苦労さん」と言って、箱に手を伸ばした。

「それではこれで失礼いたします。午後にまた伺いますので」

ありさはそう言って一礼したが、月島はもうありさなど眼中になく、丁寧《ていねい》に箱の紐をほどいている。箱の中から現れたのは薄紙に包まれたずんぐりした物体で、薄紙を取ると茶碗《ちゃわん》が出てきた。リビングのサイドボードには、茶の湯に使う茶碗（何という焼き物か一度教えてもらったが、みんな忘れてしまった）をいくつも飾ってあるから、何となく同類だろうと見当がつく。

趣味のものを集めるのも、考えものだなあ。

ありさは思わず胸の裡で呟いて、月島家の玄関を出た。

最初、月島家に来たときは、老いてなお、自分の好きなものに囲まれて暮らせるのは幸せなことだと思った。しかし近頃は、自分で手入れや管理が出来なくなっていくにつれ、好きで集めた品々が心の負担になるのではないかと、余計なことを考えるようになった。

すると不意に、かつては大勢の部下にかしずかれていた高級官僚が、今や少数の介護者と医療従事者しか、日常で接することがなくなってしまったことに思い至った。

お金があっても埋めることの出来ない鬱屈《うっくつ》がある。きっと月島も、やるせない気持ちを抱えているのかも知れない……。

ありさは表通りで足を止め、月島の住むマンションを振り返った。

今頃、月島は茶碗を眺めて何を考えているのだろう。

午後三時、ありさが二度目の訪問をすると、月島はリビングのテーブルの前にいて、並べた茶碗を眺めていた。その姿は、午前中にこの家を辞したときとそっくり同じに見えた。

「月島さん、お茶碗を片付けますか？　それともこのまま置いておきますか？」

リビングのテーブルは広いので、十個近い茶碗も、片隅に寄せるだけで十分なスペースが確保できる。

「片付けてもらおう。私が箱にしまうから、元の場所に戻してくれ」

月島はいとおしそうに茶碗を手に取った。

「君は茶の湯をやったことは？」

「ありません」

「いつか機会があったら、少し齧《かじ》ってみるといい。茶道は総合文化だ。茶道を通して日本文化の一端に触れることが出来る。生け花、焼き物、書画骨董《こっとう》、茶室の設《しつら》え、懐石《かいせき》料理。どれも覚えておいて損はない」

「はあ」

すべて今のありさまには無縁に思えて、曖昧《あいまい》に返事した。

「今はまだ若いから、何の興味もないかも知れない。しかしもう少し歳を取ると、今より身近に感じられるようになる」

月島は手にした茶碗を見やすいようにありさに近づけた。色は薄茶色で、形はご飯茶碗に似ている。

「この形を井戸《いど》という。茶の湯では一井戸、二楽《らく》、三唐津《からつ》と言われていて、まあ、一番人気がある」

月島は茶碗を薄紙に包んで木箱に収め、蓋をして紐をかけた。ゆっくりした動作だが、レコードをプレーヤーにセットするよりは、確実にこなせるようだ。

次に手に取ったのは、ずんぐりした湯呑みのような形の、黒い茶碗だった。

「この形を筒《つつ》茶碗という。焼き物の種類は黒楽《くろらく》になる。ちなみに茶道にはもう一つのランク付けもあって、一楽、二萩《はぎ》、三唐津がベストスリーだ」

「ややこしいですね」

ありさがいささかげんなりして答えると、月島は皮肉な笑《え》みを浮かべた。

「そこがいいんだ。簡単だとすぐ分かった気になって、そこから先へ進まなくなる」

月島が最後に手に取ったのは、井戸茶碗よりさらに平べったい形の、茶碗というより大きな盃《さかずき》に近い焼き物だった。きれいな白色で、紺《こん》と金で川の流れと葦《あし》の葉が染め付けされていた。

「これは平茶碗という。夏茶碗とも言われるように、主に夏場の茶席で使われる。口が広くて浅いので、茶が冷めやすくて、暑い日には飲みやすい」

「きれいですね」

月島は満足そうに頷いた。

「暑い夏の茶席でも、凛《りん》とした和服の女性がこの茶碗で茶を点《た》てて、涼しげな菓子を添えて出してくれたら、汗の引く思いがするだろう」

ありさの頭の中にも、ぼんやりとその光景が浮かんできた。しかし、お茶を点てる女性はイメージ出来たものの、茶席にいる月島の姿は想像がつかなかった。

「あのう、月島さんはお茶は昔から?」

「母親が茶道の師範《しはん》だったから、中学校に入ると半ば強制的に習わされた。最初は嫌で嫌でたまらなかったが、社会に出てやっとありがたみが分かった。特に外国に赴任《ふにん》したときは、茶道を通して知った日本文化の知識が、様々な場面でアドバンテージになってくれた。今はお袋に感謝している」

母親に茶道の稽古《けいこ》をさせられている中学生の姿を思い浮かべてから、改めて目の前の月島を見ると、妙なおかしさが湧《わ》いてきた。

その日は茶碗を眺めて思い出に浸《ひた》ったせいか、月島はいつもより機嫌が良く、ありさと口論することもなく、夕食前のレコード鑑賞までスムーズに時は過ぎていった。

「いらっしゃいませ」

その日の午後六時過ぎ、開店間もないめぐみ食堂にやってきた男女を見て、恵はちょっと意外な気がした。碇南朋と二本松楓だった。二人には共通の知り合いもいないはずなのに、もう一緒に呑むほど親しくなったとは。

「ママさん、今日は僕のおごりね。取材させてもらうんで」

席に着くなり南朋が言うと、楓が隣で首を振った。

「ダメ、ダメ。実は、私も碇さんに訊きたいことがあるの。お互い様だから、割《わ》り勘《かん》でいきましょう」

「いや、俺の方は仕事絡《がら》みでもあるし」

「おごってもらったら訊きたいことも訊けないわ。割り勘にしましょう」

南朋は助け舟を求めるように、ちらりと恵を見た。

「楓さんがこう仰《おつしや》ってることだし、割り勘でよろしいじゃありませんか」

恵は笑顔で答えた。めぐみ食堂は決して高い店ではないから、女性客でも懐が痛むことはない。

「よし、決まり。ママさん、私、レモンサワー」

「俺、小生で」

飲み物を決めると、二人とも大皿料理に目を転じた。

今日の大皿料理は、ナスの柚子胡椒マリネ、砂肝《すなぎも》の中華炒め、クスクスのミントサラダ、カボチャの煮物、卵焼き。

「今日のクスクスもきれいね。前のとどう違うの？」

「簡単に言うと、枝豆のクスクスが中東風なら、ミントサラダはフランス家庭料理に近いかしら」

キュウリとプチトマトのみじん切り、ハムの細切り、ミントの葉をクスクスと混ぜ、レモン汁とオリーブオイル、塩・胡椒で仕上げる。このレシピはフランス家庭料理の定番「タブレ」で、ミントの葉が地中海の風を運んでくれる。

「乾杯！」

南朋と楓はグラスを合わせ、黄金色の液体を喉《のど》に流し込んだ。

「あ、これも初めて！」

楓はナスの柚子胡椒マリネを箸でつまんで頬を緩めた。

「ミントが重なっちゃったけど、気にならないでしょ」

「全然。アンチョビと柚子胡椒、合いますね」

南朋もナスをひと口で頬張った。

縦四枚に切ったナスを焼き、柚子胡椒と玉ネギのみじん切りを加えたマリネ液をかけたら、アンチョビとミントを飾る。出来立てでも冷めても美味しい。ナスはこれから秋にかけて旬なので、出番が増えることになる。

砂肝の中華炒めも、冷めても美味しいお役立ち料理だ。セロリとキクラゲ、長ネギと共に炒め、生姜《しょうが》風味の合わせ調味料で仕上げる。片栗粉でとろみをつけてあるので、味がよく絡む。レシピ本には柚子胡椒を使ってあったが、ナスと重なるので敢《あ》えて避けた。

「ほんと、ここは何を食べても美味しいわ」

「ありがとうございます。夏は、おでん屋はどうしても苦戦しがちなんで、そう言っていただけると嬉しいです」

恵は笑顔で答えて、おでん鍋《なべ》の火を少し小さくした。

夏の特別メニューはトマトの冷やしおでんだが、今やおでんのトマトはすっかり浸透してきた。それに代わる強烈な代打が欲しいところだが、すべて出尽くした感がある。何しろ、おでん鍋に入れて煮てしまえば、すべて「おでん」なのだから。

本日のお勧め料理は、鯵《あじ》（タタキまたはカルパッチョ）、カワハギ（刺身&肝《きも》醤油）、谷中《やなか》生姜、アシタバの天ぷら、そして新作のエビ餡《あん》かけ蒸し豆腐。

これはエビ雲呑《ワンタン》の具材を豆腐に載せて蒸した料理だが、見た目のボリュームとは逆に、するりと食べられて胃に優しい。豆腐は一丁のまま使っても、小分けにして器に入れてもいい。シメにはお勧めの一品だ。

楓は素早くホワイトボードに目を走らせ、声を上げた。

「鯵のタタキとカワハギ下さい。蒸し豆腐はおでんの後でいただきます」

南朋は感心したように楓を見た。

「決断、早いね」

「うん。迷わないから」

楓はグラスを傾けてレモンサワーを半分呑み干した。

「この前の薬局でのことなんだけど、ああいうお客さん、多いの？」

「身体《からだ》に合わない薬を処方される患者さん？　それとも薬剤師に苦情を訴える患者さん？」

「どっちも」

楓は、皿に残ったクスクスのサラダをスプーンですくって言った。

「ほとんどの患者さんは、必要以上に多量の薬を処方されてる。ただ、直接苦情を仰る方は少ないわ。言っても無駄《むだ》だって諦《あきら》めてるのかも知れない。あの石堂さんは、もう五年以上うちの薬局に通っていて、ある程度気心も知れてるから」

楓は口に入れたクスクスを飲み込むと、レモンサワーで喉を湿《しめ》してから先を続けた。

「黙ってる患者さんは、きっとこっそり廃棄してるんだと思う。だって、どう考えたって多すぎる量の薬を処方されてるんだもの」

中には毎月の薬の量が、段ボールいっぱいになってしまう人もいるという。

「日本の人口は世界の約二パーセントなのに、薬の消費量は世界の六パーセントを占めてるのよ。異常だと思わない？」

「どうしてそんな？」

「医者が薬を知らないからよ」

楓は吐《は》き捨てるように言った。

「薬に対する知識のない医者、最新情報に通じてない医者は、結構いるのよ」

楓は忌々《いまいま》しげに唇《くちびる》をゆがめた。

「一番恐ろしいのは、飲み合わせの悪い薬を処方された場合。悪くすると死亡事故につながりかねないから、こっちも必死よ。お薬手帳調べて、過去の服用歴を把握して、飲み合わせで問題がないかどうか、神経とがらせてる」

持病がある人の場合、日頃から何種類もの薬を服用していることが多い。

「それに、若くて健康で普段薬を飲んでいない人でも、アレルギー体質だった場合、アナフィラキシーショックを起こす危険がないとは言えないでしょ」

「大変だなあ」

南朋は思わず溜息《ためいき》を吐《つ》いた。

「どうすればこの状況が良くなると思う?」

「そりゃあ、医者に薬の勉強をしてもらうしかないわね。少なくとも最新情報を仕入れてもらわないと。何しろ処方薬が原因で認知症を発症した例だって少なくないのよ」

それを薬剤起因性老年症候群といい、主にベンゾジアゼピン系薬剤が原因とされている。

「減薬に取り組んでるドクターもいるけど、まだ少数派。かかりつけ医の中には、まだ普通に処方してる人もいるし」

「そりゃあ、大問題じゃないか」

「そうよ」

楓は少し意地の悪い目で南朋を見た。

「でも、マスコミは全然報道しないでしょ。製薬会社が大口スポンサーだから」

南朋はひと言もなく、黙って目を伏せるしかなかった。

「だから、医師に自覚してもらうしかないんだけど……」

楓はそう言いかけて、ひょいと肩をすくめた。

「でも、無理。医療業界のヒエラルキーの頂点に医師がいて、その下に看護師とかレントゲン技師とか臨床検査技師とか薬剤師とかがいるわけ。処方箋を書けるのは医師だけだし」

楓は天を仰《あお》いだ。

「大体、薬の量が多くて胃が荒れるからって、胃薬を処方したりしてんのよ。こうなるともう、お笑いよね」

南朋は少し気になって尋ねた。

「素朴な疑問だけど、薬剤師さんとしては、薬がいっぱい売れた方がいいんじゃないの？」

　楓は少し首を傾《かし》げた。

「そうねえ。確かに薬が売れなくなったら、薬剤師の仕事も減るかもしれないけど……でも、薬の処方をするだけが私たちの仕事じゃないのよ。体調の相談に乗ったり、薬選びのアドバイスをしたり。一人暮らしの高齢者の方には、ちゃんと服薬できているかどうか、お宅に伺ってお手伝いしたりね」

　服用するタイミングが同じ薬を一袋にまとめたり（一包化《いっぽうか》）、お薬カレンダーという壁掛け式の容器に、朝・昼・晩の薬を一週間分補充するのも仕事の一つとして行っているという。

「薬剤師さんて、そこまでするんですか？」

　恵は生姜を刻みながら、つい感心して言った。

「あんまり知られてないけどね」

　楓は砂肝の最後のひと切れを口に入れた。

「考えてみれば、私、大人になってからお医者さんのお世話になったことほとんどありませんでした。だから調剤薬局にも行ってなくて」

　恵が言うと、楓は大きく頷いた。

「それが何よりですよ。薬剤師になって実感したことは、薬は万能じゃないってこと。あくまでサポート役」

「そうだな。毎日暴飲暴食するのと、栄養バランスの良い食事するのとじゃ、十年目には差がつくよね」

「それに、身も蓋もない話だけど、生まれつき丈夫な人と、身体の弱い人っているのよね。薬局に来る方たちを見て、人間は平等じゃないなって、つくづく感じる」

恵は鰺のタタキを皿に盛った。鰺を粗《あら》みじんに切って、薬味の生姜、小ネギ、茗荷、大葉を混ぜ、醬油ではなく、梅肉とゴマ油で味付けしてある。爽やかで夏らしい味に仕上がっている。

「タタキって、こういうのもあるのね」

恵は二人の前に取り皿を置くと、続けてカワハギの刺身を出した。

「肝をお醬油によく溶いて、召し上がって下さいね」

これは肝付を豊洲《とよす》市場で買ってきた。買ってきたものをそのまま店で出すのはいくらか忸怩《じくじ》たる思いだが、カワハギの食べ方はこれが一番美味しいのだから仕方がない。

「ママさん、小生お代わり。それと、おでんの前にシシトウ焼きと、アシタバの天ぷら下さい」

「それで、今度は私が訊いてもいい？」

肝醬油をたっぷりと刺身にまとわせながら、楓が言った。

「どうぞ」

「桐ケ谷壮太って、同性の目から見てどんな人？」

「どんなって言われてもなあ。まあ、普通だよ。仕事は真面目《まじめ》できちんと取り組んでるし、特別付き合いが悪いわけじゃない」

「ズバリ訊くけど、モテる？」

「どうかなあ」

南朋は困惑気味に言葉を濁した。

「まあ、嫌われるタイプじゃないと思う。見た目も悪くないし、何つーか、女子力があるし」

「女子力？」

楓も恵も、一瞬意味を測りかねた。

「え～と、つまり、気配りとか、心遣《こころづか》いとか。真冬にスキー競技の取材に行ったとき、百均でリップクリーム何本も買って仲間に配ってくれたり、飲み会のときも空《あ》いたグラスや食器下げてくれたり。それがすごく自然でさりげないんだよね。だからどこにいても、すぐ場に馴染《なじ》むというか……」

楓は腑《ふ》に落ちない顔をしていたが、恵は南朋の話ですぐピンときた。桐ケ谷壮太なる男性は、モテモテに違いない。

恵は占い師時代、大勢の男女を見てきた。中には超のつくモテ男も何人かいたが、共通していたのはギラギラした魅力で異性を自分に引き寄せるようなタイプではなく、いつの間にか女性の近くに佇《たたず》んで、自然にその場の雰囲気に溶け込んでしまうようなタイプだった。

外国では違うのかも知れないが、日本の場合、モテる男子とは男らしさを誇示するのではなく、女の子と一緒に仲良くおままごとや人形遊びが出来るタイプなのだ。

そして、それはそっくり桐ケ谷壮太に当てはまるように思われた。

「ところで、どうして桐ケ谷のことが気になるの？」

今度は南朋が怪訝《けげん》そうな顔で訊いた。

「私の高校時代の後輩が、桐ケ谷氏と付き合ってるの」

「へえ」

「付き合い始めて、もう十年なのよ」

「ほんと!?」

さすがに南朋は目を丸くした。

「私は正直言って、別れた方がいいと思ってる。十年も付き合って進展がないなら、この先望みはないもの」

南朋も神妙《しんみよう》な顔で頷いた。

「別れるなら一刻も早い方がいいと思うの。彼女ももう三十を過ぎてるし、結婚と出産を望んでるなら、タイムリミットがある。ぐずぐずしてる暇はないわ」

楓は南朋の方に向き直った。

「碇さんの目から見て、桐ケ谷氏が二股《ふたまた》かけてる可能性ってない?」

「いや、俺はそこまで親しくないし」

南朋は楓の迫力に気圧《けお》されて、ほんの少し身を引いた。

「二股かけるような人だと思う?」

「そんなこと言われても……」

南朋は困惑しきって言い淀《よど》んだが、わずかに間をおいて再び口を開いた。

「ただ、桐ケ谷には桐ケ谷の事情があるのかも知れないよ」

「事情って何?」

「そんなの、分からないよ。でも、例えばよんどころない事情があって、どうしても結婚に踏み切れないとか」

「そんな深刻な事情があるなら、普通、交際中の彼女に打ち明けるんじゃない」

「まあ、そうだよね」

南朋はきまり悪そうに肩をすくめた。しかし肝醤油をつけたカワハギの刺身を口に入れると、ほんの少し頬を緩めた。

「そんじゃあ、いっそ、俺が桐ケ谷にズバリ訊いてみようか？　十年も付き合ってる彼女をどうするつもりなのかって」

「あ、いいかも」

楓は声を弾《はず》ませ、鯵のタタキを口に入れた。

「それにしても、女性の方はどうなの？　十年も進展のない相手と付き合ってて」

「それがねえ、よく分からないのよ」

楓は思い出すように宙を睨《にら》んだ。

「私と友達は、別れた方がいいって何度も言ってるんだけど」

「つまり、そのくらい熱愛してるわけ？」

「どうなのかしら。見た感じ、そんなに情熱的でもないんだけど。成り行き、というか流されてるのかなあ」

恵は頃合いを見て、アシタバの天ぷらを揚げ始めた。油のはぜる小気味の良い音が店内に流れた。

「ところで碇さん、今、付き合ってる人いる?」

唐突な質問に、南朋は思わずビールに咽《む》せそうになった。

「なに、急に?」

「彼女と付き合ってみない?」

南朋はあんぐり口を開け、楓を見返した。

「彼女、美人よ。性格も優しいし」

南朋はやっとのことで声を上げた。

「無理」

「別に、ホントに付き合わなくたっていいのよ、フリだけで」

楓はあわてて付け加えた。

「桐ケ谷氏が平気で彼女を十年も放っておいたのは、他の誰かに取られる危険がないと思い込んで、タカをくってるせいだと思うの。つまり、彼女を舐《な》めてるのよ」

楓は南朋の方に向き、まっすぐに見つめた。

「でも、そこに突然強力なライバルが出現したら、さすがにあわてるんじゃない。そこであわてなかったら、もう完全に見込みなし。破局よ」

南朋は助けを求めるように恵を見遣《みや》ったが、あいにくアシタバの油を切っている最中で、視線はすれ違ってしまった。南朋は諦めたように首をすくめた。

「ちょっと冷静になってよ。そんなこと、出来るわけないでしょ。だいたい、本人の気持ちも訊かないで、そんな勝手なことは」

すると、楓は急に元気を失ってしまった。

「ダメかしら？」

「ダメだよ。桐ケ谷もその女性も、もう大人なんだから。そんな少女マンガみたいな芝居、通じないよ」

「そっか。残念」

楓は大きく溜息を漏《も》らした。

「ありさが不実な彼と別れて、新しい道を進めたらいいと思ったんだけど」

楓は残念そうに言って、揚げたてのアシタバに塩を振り、パリパリと音を立てて衣を噛《か》んだ。

南朋は横目でその様子をちらりと見て、自分もアシタバの天ぷらに箸を伸ばした。二人が衣を噛み砕く軽い音が、まるで二重奏のように聞こえて、何だかおかしくなった。

次はそろそろおでんになる。恵は日本酒の銘柄を尋ねようと二人を見て、はっと目を見張った。

南朋の背後に、これまでは見えなかった明るい光がほんのりと灯《とも》っている。これは、もしかして……？

「ママさん、次、おでん下さい。お酒、何がいいかしら？」

「ええと、とりあえず、喜久酔か澤屋《さわや》まつもとは如何でしょう」

あわてて答えて、もう一度見直した。見間違いではなかった。南朋の背後に現れた光は、明らかに恋の前兆だ。

碇さんは楓さんを好きになる⁉

そのとき、南朋が楓に向かってパチンと指を鳴らした。

「そうだ、いい方法がある！」

「何？」

「ここで桐ケ谷とその彼女を会わせたらいいんじゃないかな」

楓は一瞬、趣旨が呑み込めず、南朋の顔を見返した。

「ほら、ここのママさんは元有名な占い師で、今でも人と人とのご縁が見えるんだよ。二人をママさんの前に連れてくれば、ご縁があるかないか、一発で分かるじゃない」

「そうよね！」

楓もにわかに乗り気になった。

「それならありさも目が覚めるわ。こんな奴《やつ》と付き合ってたって、ダメだって」

「そんな上手くいくでしょうか」

恵は困惑していた。人の生き方を左右するほどの力が自分にないことは、よく承知している。決めるのはあくまで本人なのだ。

「苦しいときの神頼みよ」

楓は、わけの分からないフレーズを口にした。

「ほら、ありさはもう完全に煮詰まっちゃって、身動き取れないのよ。そういうときって、人が何言っても無駄じゃない。でも、天からのお告げなら、ビビッてくるかも知れない」

「私は天からのお告げなんて聞こえませんよ」

「いいのよ。人知を超えた何かがそこにあれば」

強引な論法に恵は苦笑を浮かべたが、南朋は感心したように頷いた。

「いや、確かに一理ある。十年も結論が出せなかったんだから、今更《いまさら》いい考えなんて浮かばないよ。それより、信頼できる誰かに『別れなさい！』とか言ってもらった方が、心に響くかも知れない」

楓は南朋を見て、声を立てずににやりと笑った。「話、分かるじゃん」と言っているように見えた。

「そうだ、お酒。喜久酔一合、グラス二つ下さい！」

南朋が嬉しそうに注文した。


その夜はグループのお客さんが二組入り、店は満席になった。

八時過ぎに南朋と楓が勘定《かんじょう》をして出て行くと、入れ替わりのように引き戸が細目に開き、お客さんが顔を覗《のぞ》かせた。

「二人、大丈夫？」

名高宗久《むねひさ》だった。

「はい、どうぞ」

恵はいそいそと空いた席を片付け、椅子を勧めた。

並んで座った名高の連れは四十代の男性で、髪は少し長めで口ひげを生やし、Tシャツとデニム姿だった。

「いらっしゃいませ」

恵がおしぼりを手渡して挨拶《あいさつ》すると、名高が連れを紹介した。

「こちらは垣内寧次《かきうちやすじ》さん。《ゆうあいラボ》というNPO法人の代表で、いわば私の先輩です」

垣内は大げさに手を振った。

「とんでもない。こちらこそ、名高さんにはお世話になりっぱなしですよ」

「今日はようこそおいで下さいました。お飲み物は何にいたしましょう？」

垣内は問いかけるように名高を見た。

「そうだなあ。とりあえず、小生を」

するど垣内もすぐさま「同じものを」と同調した。そしてぐるりと店内を見回し、如才《じょさい》なく付け加えた。

「いいお店ですね。名高さんの隠《かく》れ家《が》ですか？」

「まあ、そんなところです。知り合いに会うこともないんで、のんびり出来るのがありがたい。それに、気の利いたものを食べさせてくれるんですよ」

垣内は素早くホワイトボードの品書きを見て取った。

「季節料理が嬉しいですね。それに、私はおでんが大好物なんです」

「私もですよ」

「おでんが嫌いな日本人は、いませんからね」

二人は小さく笑い、生ビールで乾杯した。

恵は名高が店に客を連れてきてくれたことを、素直に喜んでいた。めぐみ食堂を、お客さんを案内しても恥ずかしくない店と評価してくれたわけだ。

「鰺のタタキとカワハギの刺身、下さい」

名高の注文に、恵は声を弾ませた。

「はい。ありがとうございます。それと、エビ餡かけ蒸し豆腐は、シメにぴったりのメニューですよ」

「美味《うま》そうだな。じゃあ、シメに予約しときます」

恵は心が浮き立っていた。

この楽しさは何にたとえればいいのだろう？　もしかして、夫が連れてきた友人をもてなす妻の心境だろうか？

恵は売れっ子の占い師だったから、結婚していた時代も、普通の家庭生活は送っていない。亡き夫は恵のマネージャー役で、友人を家に連れて来ることなどなかった。だから実際はどうなのか、分からない。それでも、もしかしたらこんな感じかしらと想像するのは楽しかった。

すると不意に、小さな不安が胸をよぎった。

自分は何を求めているのだろう？　これまでと違う何かが欲しいのだろうか？　それは果たして自分のためになるのだろうか？

期待と不安は表裏一体であることを、恵は身にしみて感じていた。

四皿目

困ったつぼ焼き

スーパーの店頭にイチジクが出回るようになると、いよいよ夏も終わりに近づいた気がする。ハウス物は五月から顔を見せるが、安くて美味《おい》しくなるのは八月後半から十月にかけてなのだ。

今日は、イチジクのお勧め品を見つけた。イチジクは少し熟《う》れすぎくらいの方が、身がねっとりと甘くなって美味しい。イチジクを使った大皿料理を出そうと考える。

生ハムとサラダにしても良いし、クリームチーズとも合うのよね。前に洋風居酒屋さんで食べたのは、乾燥イチジクとブルーチーズを混ぜたディップだった。あれを薄く切ったバゲットに載せて食べると、ワインが止まらなくなる……。

恵《めぐみ》は地下鉄の構内の階段を上がり、表通りに出た。

もう四時を過ぎたが、まだ暑さは衰えない。都会の夏は全方位だ。上から照らされるだけでなく、足元からはアスファルトのため込んだ熱気が放出され、近くにガラス張りのビルでもあれば、横からも熱気が反射されてくる。

恵はしんみち通りに入り、出口に近いめぐみ食堂へ向かった。ほんのわずかな距離なのに、店に着くまでにうっすらと汗ばんでいた。この暑さがいつまで続くかと思うと、憂鬱《ゆううつ》になる。

おでんはやはり寒い季節の食べ物だ。季節料理で工夫してはいるが、どうしても夏は客足が落ちる。

早く秋が来ますように。

恵は心の中で呟《つぶや》いて、シャッターを上げた。店内にこもった熱気がもわっと身体《からだ》に纏《まつ》わりついてくる。まずは入り口と窓を全開にして熱気を追い出し、エアコンのスイッチを入れた。

これから仕込みに取りかかる。弱音《よわね》を吐《は》いている暇はない。恵は調理用の割烹着《かっぽうぎ》を身につけると、袖《そで》をめくって気合を入れた。

おでんの仕込みを終え、お勧め料理の材料を調《ととの》え、五種類の大皿料理を仕上げると、六時十分前だった。いつものペースだ。

恵は調理用の割烹着から、アイロンの利《き》いた接客用の割烹着に着替え、軽く化粧を直して髪を撫《な》でつけた。それから店内を見回し、片付いているかどうか点検した。とはいえ、カウンター十席だけの小さな店なので、すぐに終わるのだが。

店の表に暖簾《のれん》を出し、立て看板の電源を入れ、入り口にかけた「準備中」の札《ふだ》を裏返し、「営業中」に直した。

これで準備万端《ばんたん》整った。恵は店に戻るとカウンターの中に入り、お客さんの訪れを待った。

めぐみ食堂を始めた頃は、この時間は不安でいっぱいだった。お客さんが来てくれなかったらどうしようと、毎日気を揉《も》んで壁の時計を睨《にら》んでいた。幸いなことに開店のその日からお客さんが入ってくれて、その後は徐々にリピーターが増え、常連さんも誕生した。

あの頃からずっと通ってくれるお客さんもいるし、今年初めて来店して、リピーターになってくれたお客さんもいる。新旧のお客さんが途切れずに通ってくれたことで、めぐみ食堂を十五年の長きにわたって続けていくことが出来た。

十五年は大健闘ではないか。お客さんが詰めかける人気店だって、運が悪ければ閉店の憂《う》き目に遭《あ》う。主人が健康を害したり、後継者がいなかったり、儲《もう》け話にだまされて破産したり、地上げに遭ったりと、災難はどこに転がっているやら分からないのだから。恵は自分の幸運に感謝した。

これまでのことを思い出していると、入り口の引き戸が開いた。

「いらっしゃいませ」

入ってきたのは真行寺《しんぎょうじ》だった。こんな時間に来店するのは珍しい。いつもは閉店間際にふらりと立ち寄るのがほとんどだ。

「今日は、お早いですね」

「羽田《はねだ》から直接来た」

そういえば、小さなキャリーバッグに紙袋を提《さ》げている。

「どちらに？」

「土産《みやげ》だ」

真行寺は紙袋をカウンターの上に置いた。

「辛子明太子《からしめんたいこ》だ。店でも使えるだろう」

「ありがとうございます。福岡にいらしたんですね」

真行寺は黙って頷《うなず》いた。仏頂面《ぶっちょうづら》をしているのは照れ隠しだと分かる。

「椿《つばき》さん、お元気でした？」

「ああ。新しい店も見てきた。こぢんまりして落ち着いた感じの、良い店だった。ここと雰囲気が少し似ている」

真行寺のことだから、「カメリア」の閉店に際しては、椿のために便宜《べんぎ》を図《はか》ったはずだ。その後もわざわざ福岡へ赴《おもむ》いて様子を見てきたのは、情のなせる業《わざ》だ。真行寺と椿は若い頃、一時期愛人関係にあったのだが、それは単なる情事で片付けられるものではなかったに違いない。

「お客さまに聞いた話ですけど、昔は銀行や信用金庫で、支店長で定年が決まると、定年まで好きな土地に赴任させてくれたんですって。そうすると一番リクエストの多かったのが、福岡だそうですよ。きっと、住みやすい土地なのね」

「そうらしいな。俺《おれ》の行きつけのイタリアンで長年シェフをやっていた男が、一昨年《おととし》退職して福岡へ行ってしまった。後でハガキが来て、奥さんが福岡出身で、奥さんの実家の近くで自分の店を出したかったと書いてあった。食べ物が美味《うま》くて人情も厚くて、来て良かったと」

真行寺はしみじみとした口調で言った。

「椿にも、福岡が吉と出ればいいんだが」

「大丈夫ですよ。銀座のカメリアのオーナーママだった人ですもの」

恵は、自分が真行寺を励《はげ》ましていることに驚いた。これまではいつも真行寺に助けられ、力づけられてきたのに。

「大輝《だいき》君、今月はお出かけキャンセルされちゃった。あの子も大きくなって、友達との付き合いで忙しいみたい」

両親を失った江川《えがわ》大樹は、真行寺がふとした縁で後見《こうけん》することになった少年で、児童養護施設で生活している。真行寺は、月に一度は面談する必要があったが、子供が苦手なので、恵に代役を頼んでいた。

恵は、大輝と同じ施設で暮らす仲良しの子供達も一緒に、インドア・アウトドアの遊びに連れて行ったりしていたのだが、最近はそれぞれ自分の友達や仲間が出来て、三人で揃《そろ》って出かけるのが難しくなってきた。

「でも、来月はディズニー・シーへ行こうって約束してるの。あの子たち、ディズニー・シーはまだ行ったことないんですって」

「よろしく頼む」

恵が子供達を遊びに連れて行くと、真行寺は軍資金とは別に国産黒毛和牛の高級牛タンを届けてくれる。恵はそれをおでんにして、破格値でお客さんにふるまっている。牛タンおでんを楽しみしているお客さんは大勢いて……いや、常連さんはみんな楽しみにしているので、恵も期待しているのだった。

「邪魔したな」

真行寺はそのまま背中を向けた。

「ありがとうございました」

真行寺と入れ違いで、新しいお客さんが入ってきた。

「いらっしゃいませ！」

旧姓大友《おおとも》まいと林嗣治《はやしつぐはる》夫妻だった。熟年再婚カップルで、元々は、まいがめぐみ食堂の常連だった。結婚して一時期足が遠のいたが、最近は月に二、三度、夫婦で店に来てくれる。

林は、毎日食事の支度《したく》をするまいを気遣《きづか》って、週に何度かは外食に誘うという。中堅ファッション小物メーカーの創業者で、まいと知り合った頃は会長職だったが、結婚に際して会社の仕事からは一切身を引き、悠々自適《ゆうゆうじてき》の身となった。

「毎日暑いね」

「本当に。おでん屋としては寒気がしますよ」

恵は笑顔で答えて、二人におしぼりを差し出した。

「お飲み物は、何になさいますか？」

「僕はビール。小瓶《こびん》で下さい」

林はビールは小瓶派で、大瓶は気が抜けるので好まないと言う。

「私はグラスでスパークリングワイン。今日は何があるの？」

「コドルニウ・クラシコという、ロゼのカヴァです。スペイン王室御用達《ごようたし》のワイナリーが作ってるんですって」

「まあ、素敵」

まいに限らず、女性客は「スペイン王室御用達」のフレーズに弱く、勧めると必ず注文してくれる。

恵は二人に酒を出してから、大皿料理を取り分けた。

今日の大皿料理は、枝豆、バジル風味のゼリー寄せ、ナスの柚子胡椒《ゆずこしょう》マリネ、崩し豆腐とオクラの中華風和《あ》え物、茹《ゆ》で卵の珍味載せの五種類。

ゼリー寄せはプチトマト、枝豆、クリームチーズをコンソメスープに入れ、乾燥バジルで香りをつけてゼラチンで固めた。簡単な料理だが、トマトの赤、枝豆の緑、クリームチーズの白で彩《いろど》りが美しく、夏でも食欲をそそるおつまみだ。

崩し豆腐とオクラの中華風和え物は、文字通り崩した豆腐と茹でたオクラを混ぜ、塩、酢、ゴマ油で和えて煎《い》りゴマを振ってある。酢のさっぱり感で、暑い夏でも食べやすい。

茹で卵の珍味載せは、簡単おつまみの最右翼だろう。半分に切った茹で卵に、一つは明太子、一つはキュウリとコンビーフを載せただけ。明太子に小ネギを載せてオリーブオイルとレモン汁を振りかけ、コンビーフはマヨネーズと和えて黒胡椒を振り、薄切りにしたキュウリの上に載せる。こんなに簡単なのに、食べると美味しく、酒によく合う。

「美味しいわ」

茹で卵を半分口に入れたまいが、目を見張った。

「酒にもよく合う」

林も口元をほころばせた。

「今日はね、二人で書道展に行ってきたの」

まいがナスの柚子胡椒マリネに箸《はし》を伸ばして言った。

「書道展？　まいさん、書道がご趣味でしたっけ」

「私の昔の職場の同僚が、有名な書道家の弟子《でし》なの。毎年、弟子仲間で会場を借りて書道展をやってて、今年も招待状をいただいたの。それで、せっかくだからちょっと行ってみようかって」

「書道というのは、良いご趣味ですね。歳《とし》を取ってからも、ずっと続けられますもの」

恵は小学生の頃、書道教室に通っていたが、高齢だった先生が亡くなって、やめてしまった。そのせいか、今でも字の上手《うま》い人には一目《いちもく》置いている。

「僕は今回初めて書道展なるものを見て、正直驚きました。とにかく種類が多くて……紙も墨《すみ》も筆も表装《ひょうそう》の具合も、千差万別ですね」

「招待してもらったお礼に、彼女に何かプレゼントをと思って、鳩居堂《きゅうきょどう》に寄ってきたの」

硯《すずり》は、高価な品はとてつもない値段なので最初から論外だったが、筆も種類が多すぎて、選べなかったという。

「で、墨なら無難かなと思ったら、店員さんに『お書きになるのは漢字ですか、仮名ですか』って訊《き》かれて、びっくりしたわ。漢字と仮名で墨まで違うのね」

「漢字を書く墨は濃い方がいいらしいんですよ。で、仮名はのびのよさが好まれるので、こちらで大丈夫ですっていうのを教えてもらったんですが」

「深いですねえ」

恵は思わず溜息《ためいき》を漏《も》らした。

「考えてみれば弘法大師《こうぼうだいし》の昔から、書道ってあったんですものね」

まいはちらりと林を見て、微笑《ほほえ》んだ。

「それでね、私たちもこれを機会に、何か和の習い事を始めようかって話してるの」

「それはいいですね。和のものは茶道、華道、書道、みんな奥が深いから」

そして、高齢者でも続けられる。

「で、お決まりになりました？」

「まあ、お互い歳を取ってから始めることなので、技術が問われるものはやめようという点は、一致したんですがね」

「楽器とか、舞踊とか、お習字もそうね」

「今のところ、有力候補は俳句か短歌です」

「それはどちらも素敵ですね」

まいと林は互いの顔を見て頷き合った。

「俳句は確か、吟行《ぎんこう》っていうのがありますよね。同人の皆さんでどこかに出かけて俳句を作る……」

「短歌にも吟行はあるんですって。ざっくり言うと、散歩しながら俳句や短歌を作ることらしいわ」

「まあ、そうなんですか」

「だから、まだどちらとも決めかねてるの」

「まあ、あわてずゆっくりと。短歌も俳句も、とりあえず先生になる方を探さないことには」

林はゆったりとした態度でまいを見た。

「今は、カルチャーセンターや趣味のサークルも、ありますしね」

そう言うと、まいはホワイトボードを見上げて、本日のお勧め料理を確認した。

スズキ（刺身またはカルパッチョ）、カワハギの肝《きも》和え、サザエのつぼ焼き、夏野菜のバーニャカウダ、空心菜《くうしんさい》のXO醬《ジャン》炒《いた》め。

「あら、サザエのつぼ焼きなんて、お料理屋さんみた……ごめんなさい、ここはお料理屋さんよね」

「いいえ。私も初挑戦なんですよ。豊洲《とよす》の魚屋さんが、フライパンで簡単に出来るよって教えてくれて」

家で実際にやってみたらちゃんと出来たので、店でも出すことにした。

「お客さんにも珍しがってもらえたらと」

「恵さんは心がけが立派だね」

林が感心したように言った。

「長くお店を続けているのに、チャレンジ精神を忘れない」

「そんな大げさなもんじゃありません。夏場はどうしてもおでんは不利なので、売りになるメニューが欲しくて」

恵は片手を振って謙遜《けんそん》したが、内心は褒《ほ》められて素直に嬉《うれ》しかった。

「つぼ焼きは決定ね。それと、肝和えも是非いただきましょう」

「いいね。肝和えなら日本酒だな」

林が問いかけるように恵を見た。

「肝和えなら、浜千鳥《はまちどり》の純米吟醸《じゅんまいぎんじょう》がピッタリですよ。酒屋さんが太鼓判《たいこばん》押してましたから」

「日本酒はそれに決まり。あとは……」

「空心菜をいただきましょう。夏の野菜ですから」

まいが言うと、林は即座に頷いた。浦辺佐那子《うらべさなこ》と新見圭介《にいみけいすけ》のカップルもそうだが、料理選びの主導権は女性が握っている。そして新見も林も、妻に選んでもらうのが楽しそうだ。

恵はまずカワハギの肝和えを出した。売っているカワハギの刺身に、ついてきた肝を添えて出すだけの手間いらずだ。

「肝をお醤油《しょうゆ》で溶いて、よく混ぜて召し上がって下さいね」

二人がカワハギに舌鼓《したつづみ》を打っている間に、恵はサザエのつぼ焼きに取りかかった。これはサザエの身の出し方さえ覚えれば、誰にでも簡単に出来る。身を食べやすい大きさに切って殻《から》に戻し、少量の水を張ったフライパンに入れて蓋《ふた》をし、蒸し焼きにする。途中で酒と醤油を合わせた調味液を殻に流し込めば完成だ。

蓋を取ると、湯気《ゆげ》が立ち上った。醤油の美味《うま》そうな匂《にお》いがカウンターへ流れ、まいも林も鼻をうごめかせた。

「今度、エスカルゴみたいな香草バター焼きもやってみようかと思うんですよ」

恵はサザエを皿に載せ、カウンター越しに二人の前に置いた。

「それ、絶対に美味しいと思うわ」

まいは声を弾《はず》ませた。

「前に牡蠣《かき》の香草バター焼きを食べたことがあるけど、エスカルゴより美味しいんじゃないかと思ったわ」

「これは絶対に日本酒。香草バター焼きはワインかな」

林はサザエをつまみ、浜千鳥のグラスを傾けた。顔いっぱいに満足そうな表情が広がった。

「貝は何でも香草バター焼きに合いますね。アサリ、ハマグリ、ホタテ……」

恵は宙に目を向けて、貝の種類を思い浮かべた。磯《いそ》の香りと、じっくりと口に広がる滋味《じみ》は、若者にはもったいない、大人の食べ物という気がする。すると、豊洲市場の仲卸《なかおろし》の主人が「若い奴《やつ》は味の濃いもん食わしとけばいいんだよ。トロとかウニとか金目《きんめ》とかノドグロとか」と憎まれ口を叩《たた》いていたのを思い出し、自然と笑《え》みがこぼれた。

ふと、まいがしげしげと恵の顔を見つめているのに気が付いた。

「ああ、ごめんなさいね。今、恵さん、きれいになったと思って」

恵は危《あや》うく噴き出しそうになった。

「嫌だわ。お世辞《せじ》を言って下さっても、何も出ませんよ」

まいは大きく首を振った。

「違うわ。一瞬気のせいかと思ったけど、そうじゃない。恵さん、何と言うか、しっとりした感じがする」

まいは同意を求めるように林を見たが、林は困ったような顔になった。

「ダメよ、まいさん。林さんはまいさん以外の女性は目に入らないんだから」

「いや、その通り。面目《めんぼく》ない」

まいは照れて林の肩を叩く真似《まね》をしたが、嬉しそうだった。

そこへ、新しいお客さんが入ってきた。四十くらいの二人連れの男性で、一人には見覚えがあった。

「いらっしゃいませ。お客様、この前名高《なだか》さんとご一緒にいらした……」

「どうも。垣内《かきうち》です」

垣内はカウンターに座り、「どうだ？」と言いたげに連れを見遣《みや》った。

「とりあえず、小生二つ」

垣内が飲み物を注文すると、連れの男は物珍しげに店内を見回した。

「結構渋《しぶ》い店ですね」

「静かで落ち着くだろ。それに、料理と酒の品揃《しなぞろ》えも悪くない」

二人がお通しを肴《さかな》に一杯目の生ビールを飲み終えるタイミングで、次々と新しいお客さんが入ってきて、店は満席になった。

まいと林は、おでんと日本酒を追加で注文すると、三十分ほどで席を立った。混んできたので気を利かせてくれたのだ。

「ありがとうございました」

恵は二人の心遣《こころづか》いに感謝して、後ろ姿を見送った。

「ママ、東洋美人《とうようびじん》二合」

カウンターに戻ると、垣内が片手を上げて言った。

「はい。ありがとうございます」

酒の注文は一番に応《こた》えるのが飲食店の鉄則だ。料理は呑《の》みながら待ってもらえる。

「こっち、牛スジと葱鮪《ねぎま》、二つずつね」

別のお客さんからも注文の声が飛んだ。こんなときはおでん屋で良かったと思う。タネはすべて鍋で煮えているので、調理の手間がかからない。

「都の方は、どうなってる？」

「来年は予算倍増で決まりですよ」

「そうか。横浜と川崎もまだ引っ張れるな」

「ザルですからね」

聞くともなく、垣内と連れの会話が耳に入ってきた。何の話をしているのかまったく分からないにもかかわらず、恵は二人がよからぬ相談をしていると感じた。別に元占い師でなくとも、十五年も客商売をやっていれば、お客がどういう人物か、だいたい見当がつく。

おでん屋の女将《おかみ》の勘《かん》では、垣内はあまり筋《すじ》の良くない客だった。名高と一緒にいたときは巧《たく》みに本性を隠していたのだろうが、今、素顔がちらりと垣間見《かいまみ》えた。

名高さんはこの人とどういう関係なんだろう。あまり深く関《かか》わっていないといいけど。どうも、この人は信用ならない気がする。

「じゃ、そろそろ行くか」

九時半過ぎに、垣内はグラスを置いて席を立とうとした。

「ありがとうございました」

恵はあわてて勘定書《かんじようが》きを差し出した。二人で高い吟醸酒を何回もお代わりし、料理も結構注文したので、めぐみ食堂としては高額な料金になっている。

しかし垣内は片手を振って、当然のように言い放った。

「名高さんにつけといて」

恵は一瞬、言われた言葉の意味が分からなかった。

「あのう、お客さま、申し訳ありません。うちは、つけはやっておりませんので」

「名高さんから聞いてないの？」

「は？」

「あの店は自分の贔屓《ひいき》だから、つけで呑んでくれって、言われたんだよ。自分が店に行ったとき、一緒に払うからって」

「そんなことは……」

まったく寝耳に水だった。第一、名高がそんなことを言うだろうか？

「名高さんはこの店をすごく気に入ってるみたいだから、知り合いに常連面《づら》されたくないんじゃないの。それでこの店の勘定は自分が持つって言ったんだよ」

「あのう、私は名高さんから何も伺っていないんですけど」

「恥ずかしいんでしょ。そのくらい察してやんなさいよ」

垣内は不愉快そうに唇《くちびる》の端《はし》を下げた。これ以上言いつのったら、逆上してけんか腰になるかも知れない。他のお客さんのいる前で、そんな修羅場《しゅらば》は避けたかった。

仕方なく、恵は怒りを押し殺して小さく一礼した。

「それでは、どうぞ名高さんによろしくお伝え下さい」

垣内は黙って連れを促《うなが》し、店を出て行った。

残ったお客さんたちは、敢《あ》えて垣内のことを話題にはしなかったが、横紙破りを見せつけられて、内心不快に思っていることは明らかだった。めぐみ食堂は明朗会計で、つけで呑むような店ではないのだ。

筋の悪いお客を一人入れると、店の雰囲気まで悪くなってしまう。

恵は改めて垣内に対する怒りを感じたが、無理やり笑顔を作って、皿におでんを盛り、カウンターに出した。

「すみませんでしたね。これ、お店からサービスです」

「悪いね、かえって」

お客さんたちは一斉《いっせい》に笑顔になったが、気の毒そうに同情してくれた。

「ママも災難だね」

「ああいうお客は出禁《できん》にした方がいいよ」

「はい。これから気を付けます」

とにかく、名高が来店したら今日のことは報告しよう。その上で、今後垣内とどう付き合うのか、判断してもらおう。そして何より、今度垣内が店に来たら、つけは利かないと言ってお引き取り願おう。それしかない！

恵はしっかりと自分に言い聞かせた。


その日の朝も、山添《やまぞえ》ありさは月島朔太郎《つきしまさくたろう》のマンションを訪れ、玄関で部屋の番号のボタンを押した。

「さくら介護サービスの山添です」

インターホンに向かって声をかけると、月島は黙ってオートロックを解除して、玄関のドアを解錠《かいじょう》する。ありさは玄関前の郵便受けからその日の朝刊を取り、エントランスを進んでエレベーターへ向かう。

初めてこのマンションを訪れたときは、豪華さに度肝《どぎも》を抜かれたものだ。高級住宅地に立つ低層マンションは、エレベーターでさえ、ありさのアパートより広かった。

だが、すでに二年近く月島の介護を続けてきた今は、憧《あこが》れや羨《うらや》ましさより、虚《むな》しさに近い気持ちを感じている。ありさから見れば宮殿のような部屋に住んでいるが、月島は自分の脚で部屋の中を歩くことさえ出来ない。入浴、外出、着替え、就寝、その他何をするにも人の助けを借りなくてはならない。そんな生活は月島にとって、おそらく不本意極まりないだろう。ありさには月島の豪華なマンションが、贅《ぜい》を尽くした棺桶《かんおけ》のように思えるのだった。

四階でエレベーターは止まった。広い廊下の奥に月島の家はある。東南角部屋で、マンションの中でも特等席だ。

「さくら介護サービスの山添です。失礼します」

玄関の鍵《かぎ》はいつも、オートロックの解除と同時に解錠されるが、声をかけてから利用者の家に入るよう、教育されている。

月島はリビングに置いた介護ベッドをリクライニングにして、大型テレビを観《み》ていた。画面に映っているのはテレビの情報番組だろう。一人暮らしで来客もないので、一日リビングで過ごしている。

「おはようございます」

ありさは新聞をベッド脇のテーブルに置いて、月島を車椅子《くるまいす》に移動させ、トイレに連れて行った。

車椅子を押してリビングに戻ると、今度はコーヒーの支度を始めた。毎朝サイフォンで淹《い》れたコーヒーを喫《きっ》するのが、月島の欠かすことのない習慣で、買い置きしてあるインスタントコーヒーは来客用だった。その後は、着替えを済ませて朝食と洗面。それで午前中の仕事は完了し、ありさは辞去する。

キッチンに立っていると、突然浴室で水音がした。

思わず振り返ると、誰もいないはずの浴室の戸が開いて、髭面《ひげづら》の男が顔を出した。

「お父さん、新しいシャンプー……」

男は間の抜けた声で言いかけて、ありさに気づいて愕然《がくぜん》とした。ほんの一、二秒だが、素っ裸のまま棒のように立ちすくんだ。

ありさもあまりに突然で、声も出なかった。金魚のように口を開けたまま、金縛《かなしば》りに遭ったように身動きも出来ず、その場に立ちすくんだ。

男の方が先に呪縛《じゅばく》を解かれ、我に返った。あわてて浴室のドアを閉めると、続いてざぶんと湯船に飛び込む音が響いた。

ありさはリビングに駆《か》け戻った。

「月島さん、お風呂場《ふろば》に髭面の男が！」

すると、月島は顔をしかめた。

「風呂場？　今朝《けさ》早くに息子が帰ってきたんだが、あいつ、いつの間に」

「息子さん？」

「昆虫《こんちゅう》の研究をしていて、外国暮らしが長い。これまでのプロジェクトが終了して、次の仕事が始まるまで日本に帰ってきた」

「息子さんがいらっしゃったんですか」

月島には娘が二人いて、結婚してニューヨークとロンドンに住んでいるとは聞いていた。しかし、これまで息子の話は聞いたことがない。

「そんな話、聞いてません」

「当然だ。息子のことは話していない」

「親族の方のご連絡先はすべて、書類に書いていただくことになっていますが」

「息子は南米や東南アジアに行きっ放しでほとんど音信がない。連絡先も知らん。書きようがないだろう」

しかし、現にその息子が突然帰ってきて、風呂に入っているではないか。

「ところで、コーヒーはどうなってる？」

ありさはあわてて台所に戻った。サイフォンは沸騰《ふっとう》して、コーヒーが吹きこぼれていた。

まったく、もう！

つい舌打ちしたところで、浴室から月島の息子が出てきた。今度は長袖シャツとデニムを着ている。

「先ほどは失礼しました。父がお世話になっています。私は息子の月島昴《すばる》と言います」

髪はぼさぼさで髭面だが、挨拶《あいさつ》はまともだった。よく見るといくらか父親と面差《おもざ》しが似ていた。

「介護士の山添です。二年前から月島さんを担当させていただいています」

「ご苦労をおかけします。私はほとんど外国暮らしで、父親の面倒《めんどう》を見られません。どうかよろしくお願いします」

昴は深々と頭を下げた。父親がワガママで扱いにくい老人なのを知っているのだろう。

ありさはコーヒーを淹れ直した。ちなみにヘルパーは家政婦ではないので、介護サービス利用者以外の世話はしない契約になっている。だからコーヒーも月島の分しか淹れない。

それが分からずに雑用を言いつける家族もいるが、昴は理解しているらしい。自分でインスタントコーヒーを作り、リビングに入ってきた。

「ところで、日本にはいつまでいる?」

コーヒーカップを片手に、月島がベッドから声をかけた。

「今月いっぱいかな。ボゴール農科大学の研究室から声がかかってるんで、十月には行こうと思ってる」

「そうか」

そして、ふと気が付いたように息子を見た。

「そういえば、どうして帰ってきた?」

「来週、東京で研究者の集まりがある。俺、招待されてて、講演しなきゃなんない」

「そうか」

月島の着替えの準備をしているありさの耳にも、親子の会話は漏れ聞こえた。どうも、互いの生活にまったく関心がないらしい。

「月島さん、お着替え、よろしいですか？」

「ああ」

ありさが月島を寝間着《ねまき》から部屋着に着替えさせている最中に、昴が介護食を手にキッチンから顔を覗《のぞ》かせた。

「これ、もらっていい？」

「不味《まず》いぞ」

「いいよ、別に」

昴はキッチンに引っ込んだ。冷凍の介護食は一週間ごとに届く。朝と昼の二食セットで購入しているが、月島はたいてい半分残して廃棄してしまう。

「考えてみれば、味覚が鈍感なのは幸せだな。どんな不味い物でも食える。だからどんな土地でも暮らせる」

月島はバカにしたように冷笑を浮かべた。

昴はレンジで解凍した介護食をダイニングテーブルに持ってきて、美味そうに食べ始めた。いつも文句を垂《た》れながら不味そうに半分しか食べない月島を見ているので、昴の食べっぷりは気持ちが良かった。

そうよ、人間、食べ物は美味しそうに食べなくちゃ。この介護食だって、作った人は一生懸命だったはずなんだから。

「月島さん、朝ご飯にしてよろしいですか?」

「ああ」

ありさは車椅子をダイニングテーブルに移動させた。

レンジで加熱している間にお茶を淹れ、箸と箸置きもセットした。

月島は目の前に出された介護食を見て顔をしかめたが、さすがに息子の前では羞恥心《しゅうちしん》が出たのか、いつものような文句のオンパレードはなく、黙って不味そうに箸を動かした。

「ごちそうさま」

昴は五分もしないうちに食べ終わり、椅子から立ち上がった。

「この容器、どこに捨てればいいですか?」

キッチンには分別処理用に、ダストボックスがいくつもある。ありさはその中の一つの蓋を開けて見せた。

「すみませんが、ざっと汚れを落としてから捨てていただけますか？」

「はい」

昴は少しも嫌な顔をせず、容器を流しに持って行って水洗いして捨てた。単身生活で身についたのか、手慣れた感じだった。それが終わると部屋に引っ込んだ。

ありさはいつものように月島の歯磨きと洗面を手伝い、帰り支度を始めた。

「失礼いたします」

月島のマンションを出た途端《とたん》、スマートフォンが鳴った。画面を見ると二本松《にほんまつ》楓《かえで》だった。

「ねえ、土曜日の夜は仕事なかったよね。めぐみ食堂に行かない？」

「いいですけど、急にどうしたんですか？」

「会わせたい人がいるのよ」

「え、誰ですか？」

もしかして、楓が付き合っている人だろうか？　だとしたらビッグニュースだ。根っからの非恋愛体質だと思っていたのに。

「それは後のお楽しみよ。じゃ、六時に現地集合ね」

楓は楽しそうに言って電話を切った。

その日の午後、月島のマンションを訪れたありさは、リビングに月島の姿が見えないので戸惑《とまど》った。

「和室だ。入ってくれ」

開け放した襖《ふすま》の向こうから月島の声が響いた。

介護士は家政婦ではないので、ありさは用事のない部屋には入らない。だから和室に入るのも初めてだった。そこは八畳の床《とこ》の間《ま》付きで、青畳からはほのかにイグサの香りがした。

月島は畳の上に正座していた。座椅子を使っていたが、もたれかかることもなく、背筋がきれいに伸びていた。介護ベッドと車椅子以外で月島を見るのは初めてだった。

そして部屋の隅には風炉《ふろ》が置かれ、鉄製の釜《かま》が置いてあった。テレビでしか観たことのない「お茶の道具」も置いてある。最初から茶室仕様だったのか、リフォームしたのかは知らないが、月島は元気な頃、この部屋でお茶を点《た》てていたのだろう。

「息子に手伝わせて、久しぶりに茶を点ててみた。君も一服どうだ」

和室には昴が座っていた。きっと父親から手ほどきを受けたに違いない。髭面でデニム姿なのに、違和感がなく、雰囲気に馴染《なじ》んでいた。

ありさはあわてて両手を振った。

「いえ、とんでもない。私、お作法《さほう》全然知りませんし」

するとと月島は珍しく、機嫌の良い顔で答えた。

「作法など気にするな。どうせ私と息子しかいない」

そして、にやりと笑って付け加えた。

「それに、松江《まつえ》の桂月堂《けいげつどう》の薄小倉《うすおぐら》もある。息子に新宿《しんじゅく》で買ってこさせた。美味いぞ。食べないと損だ」

懐紙《かいし》を敷いた漆塗《うるしぬ》りの小皿の上に、黒っぽい菓子が載っていた。

「どうぞ座って下さい。このお菓子、不昧公《ふまいこう》好みだそうで、抹茶《まっちゃ》によく合います」

昴がにこやかに言葉を添え、分厚い座布団を勧めた。

ありさはお茶の心得などまったくなかったが、せっかくだからこの機会に……という気持ちが湧《わ》いてきた。

「それでは、お相伴《しょうばん》させていただきます」

ありさは丁寧《ていねい》に頭を下げて、座布団に膝《ひざ》を進めた。正座は自信がなかったが、座布団の厚みに助けられて、しびれずに済みそうだ。

月島は茶道師範《しはん》の母親に中学生のときから手ほどきを受けたと語っていたが、その言葉に嘘《うそ》はなかった。長年茶道に親しんできた人の所作は、一つ一つに無駄《むだ》がなく、流れるように滑《なめ》らかだった。

それは昴にも共通していた。父と子は話は嚙《か》み合わないが、お茶を通して意思の疎通《そつう》が出来るのかも知れない。

茶碗《ちゃわん》は月島の教えてくれた井戸《いど》だった。戸惑っていると、昴が「そのままどうぞ」と言ってくれた。

美味しいお菓子を食べて抹茶を飲んだ時間は、十分ほどだった。それなのに、ありさにはかなりゆったりと過ごしたように感じられた。

「ああ、美味しかった……」

ありさは思わず息を吐いた。

「それに、なんだかすごくリラックス出来ました。お茶をいただくのは初めてなのに、不思議な気分です」

月島は満足そうに頷いた。

「そう感じてもらえたのなら、今日の茶席は大成功だ」

そして、いつもとは別人のように素直な口調で続けた。

「君も家で、お茶を淹れて飲んでごらん。別にこんな道具を揃える必要はない。普通に急須《きゅうす》に茶葉を入れて、ポットのお湯を注《そそ》ぐだけでいい。ゆったりした気分で、自分で淹れた茶を喫する、それが大事なんだ。ペットボトルのお茶を飲むのとは、気分が違ってくるはずだ」

ありさは引き込まれるように頷いた。考えてみれば月島の言う通りだった。最近はお茶といえば夏も冬もペットボトルばかりで、気が付けばもう何年も、急須でお茶を淹れていない。

昴が穏《おだ》やかに言った。

「僕は中学生のとき、初めて親父《おやじ》から茶道の手ほどきを受けたんです。そのときは面倒くさくて嫌だったんですが、今はとても感謝しています。大学の頃から昆虫採集に行って、一人でキャンプするようになったんですが、夜、インスタントじゃないコーヒーやお茶を淹れて飲むと、すごく心が落ち着いていいんです。特に焚火《たきび》を眺《なが》めながら飲むのは、最高ですよ」

ありさの脳裏《のうり》に、焚火のイメージが浮かんだ。そういえば最近は焚火を見ることもなくなった。子供の頃は冬になると、近所の空《あ》き地で誰かが焚火をやっていたのに。神社では大みそかに「お焚き上げ」があった。お守りやお札など、ゴミとしては捨てにくいものを持ち寄って、火にくべて神様に浄化《じょうか》してもらう営《いとな》みだ。高く燃え上がった炎が夜空を照らして、とても神々《こうごう》しい風景だったのに、いつの間にやら「お焚き上げ」は中止になってしまい、指定の場所に置いていくだけになった。身近だったものが、いつの間にかなくなってしまっている……。

ありさは優雅な和室を見回して、月島と昴に言った。

「私、今日アパートに帰ったら、久しぶりに急須でお茶を淹れてみます。これからは一日一回、ゆっくりお茶を飲む時間を持つようにします」

その週の土曜日、開店早々、めぐみ食堂には四人の男女が訪れた。

「いらっしゃいませ」

碇《いかりな》南朋《お》と二本松楓、山添ありさ、そして初めての男性が一人。年齢は南朋と同じくらいで、こぎれいに整った顔立ちをしていた。

南朋が男性を紹介した。

「同期の桐ケ谷《きりがや》壮太《そうた》です」

ひと目見た瞬間、恵は桐ケ谷がありさと十年も付き合っている相手だと見当がついた。優しく穏やかな印象で清潔感があり、女性に好感を持たれるタイプだった。

　南朋と楓は、ありさと桐ケ谷を隣同士に座らせて、飲み物を注文した。男性陣は生ビールの小、女性陣はレモンサワーを頼んだ。

「カウンターの上の料理がお通し。五品全部載せで五百円」

　南朋が説明すると、桐ケ谷は顔をほころばせた。

「すごい、良心的」

　今日のメニューは、春菊《しゅんぎく》とキノコのサラダ、カブとブドウのマリネ、おからの炒《い》り煮、砂肝《すなぎも》の柚子胡椒炒め、茹で卵の珍味載せ。

　サラダとマリネは秋の新作だ。

　春菊とキノコのサラダは、ゴマ油で揚げ焼きしたキノコと、春菊をざっくり混ぜて手作りドレッシングで味付けした料理で、味をぼやけさせないコツは、春菊の水気をしっかり拭き取ること。

　カブとブドウのマリネは、塩で軽く水気を出したカブとブドウをマリネ液で和えた料理。カブの爽《さわ》やかさとブドウの甘酸っぱさが、互いを引き立て合って、ワインにもよく合う。ブドウの代わりに柿《かき》や梨《なし》を使っても美味しい。

「美味しいし、彩りがきれいね」

楓とありさはマリネを口にして、グラスを傾けた。

「ここ、季節料理がしゃれてるし、メインがおでんだから、ヘルシーなんだ。本当は毎日通いたいくらい」

南朋が言って春菊のサラダを頬張《ほおば》った。三人は南朋につられて壁のホワイトボードを見上げた。

本日のお勧め料理は、鰹《かつお》のタタキ（和風または韓国風）、シラスおろし、鮭《さけ》のホイル焼き、レンコンの肉詰め揚げ、エビ餡《あん》かけ蒸し豆腐。

早速、楓が質問した。

「韓国風のタタキって、どんなの？」

「コチュジャンベースのタレをかけて、えごまの葉を飾ります。今は戻り鰹で脂《あぶら》がのってるから、パンチの利いた味付けもよく合いますよ」

「レンコンの肉詰め揚げって、挟《はさ》み揚げと違うの？」

「ちょっとだけ。辛子《からし》レンコンみたいに、穴にひき肉を詰めて素揚げにするんです。あるお店で食べて美味しかったので、お出ししてみようと」

「この二つは決まりよね」

楓が言うと、南朋はすぐさま同意した。

「それと、シメに餡かけ蒸し豆腐。いかにも胃に優しそう」

桐ケ谷がありさを振り向いた。

「ここ、よく来るの？」

「それほどでも。前に秀《しゅう》さんに連れてきてもらって、それから今日で三回目かな」

「落ち着くよね。料理も飽きのこない味だし……」

そのとき、入り口の引き戸が開いて、懐《なつ》かしい顔が現れた。

「まあ、播戸《ばんど》さん。いらっしゃいませ」

「ご無沙汰《ぶさた》してます」

浄治《じょうち》大学経済学部の教授、播戸慶喜《よしのぶ》だった。恵は新見圭介を通して、妻の由子《ゆうこ》が七月に無事出産したと聞いている。それも男女の双子《ふたご》だった。一度の出産で二倍の喜びを得たわけだが、その代わり、子育ては大変に違いない。播戸の足がすっかり遠のいてしまったのも無理はない。夫婦共に、子育てで忙殺されているのだろう。

「この度《たび》はおめでとうございます。奥さまとお子さまはお元気ですか？」

「ありがとうございます。子供達がなかなか寝てくれなくて、妻も私もやっと生きてるような有様です」

播戸はそう言って後ろを振り返り、店に入るのを促すような仕草《しぐさ》をした。遠慮がちに、髭面の男が入ってきた。大男ではないが、たくましい身体つきだった。

「ああ、紹介します。友人の月島昴君です」

それを聞いて、ありさがパッと男の方を振り向いた。

「あれ、山添さん……ですよね？」

「はい。月島さんがめぐみ食堂をご存じだったなんて」

「いや、僕は播戸さんに今日初めて連れてきていただいたんです」

播戸は二人を交互に見て微笑んだ。

「どうも、ここへ来ると意外な知り合いに出会うらしい。これも恵さんの力の為《な》せる業かな」

「まあ、とにかくお掛け下さい」

恵は笑顔で二人に席を勧めたが、播戸は申し訳なさそうに首を振った。

「ごめん。実はおでんの持ち帰りをお願いしたくて。僕も彼女も、まだ外食できる状態じゃなくってね」

「それは、大変ですね」

「でも、毎日どんどん大きくなりますから。楽しみでもありますよ」

　播戸は父親になった喜びで満ち溢《あふ》れていた。

「あのう、僕もおでんのテイクアウトをお願いします。父はおでんが大好物なんです」

　昴がそっと口を挟んだ。

　ありさはちょっと意外に思った。日頃の口の悪さから、月島はてっきり高級な和食やフレンチが好物なのだと思っていた。

「はい。では、お詰めしますので、お掛けになってお待ち下さい」

「いやあ、助かった」

　播戸は嬉しそうに椅子に腰を下ろし、昴もそれに続いた。恵は二人にウーロン茶を出した。

　めぐみ食堂はテイクアウトを売りにはしていないが、流行病《はやりやまい》以来、持ち帰りを希望するお客さんもいるので、一応持ち帰り用の容器も揃えてある。今は百円ショップで買えるのでありがたい。

「何しろ双子なんで、僕も彼女も自分の時間なんかほとんどなくて。少なくとも僕は大学に行っている間は育児から解放されますが、彼女は一日中ずっとでしょう。育児ノイローゼになるんじゃないかと心配で。ご飯はデリバリーやテイクアウトも頼んでますけどね」

播戸は一気にそこまで話して、ウーロン茶を半分飲み干した。

「でも、毎日だとさすがに飽きますね。最近はもう、店のメニューを見ただけでうんざりしてしまって。そしたらふっとこの店のことを思い出して、そうだ、おでんならテイクアウト出来るんじゃないかと……」

「それはありがとうございます」

恵には播戸と由子が育児でへとへとになっている様子が目に浮かんだ。しかし、播戸は精一杯、由子をサポートしようとしている。それならきっと乗り越えていけるはずだ。

「播戸さん、よろしかったら茶飯《ちゃめし》と、大皿料理も少しお持ちになりませんか？」

「ああ、そうですね。それはありがたい」

そして隣の昴を振り向いた。

「昴君も、大皿料理を詰めてもらったら？　お通しにしてる料理だから、冷めても美味しいんだ」

「はい。さっきから気になってたんです。是非、お願いします。それと茶飯も、大盛りで」

昴は大皿料理を見上げて、ごくりと喉《のど》を鳴らした。

「今日のおでんは、里芋《さといも》が初ものなんですよ」

「いいなあ。ジャガイモも好きだけど、おでんはやっぱり里芋ですよね」

「僕はこの店で初めて、里芋のおでんを食べたんだけど、いいよねえ。秋を感じる」

播戸も涎《よだれ》を垂らしそうな顔で言った。

「もしかして、月島さんも浄治大学にお勤めですか？」

恵は経済学者の播戸と、山男のような昴の組み合わせが不思議に思われた。

「いいえ、僕は別の大学です」

「昴君は昆虫学の研究者です。バイオの世界じゃ、今注目の学者なんですよ」

播戸が言うと、昴は照れたように首を振った。

「そんな、大げさですよ」

「知り合ったのはもう十年以上前かな。ツーリングで運転を誤って、横転してしまいましてね。山奥で、携帯はつながらないし、人も車もほとんど通らないし、往生《おうじょう》していたら、ちょうど昴君が車で通りかかって……」

播戸はツーリングが趣味なのだった。

「親切に町の病院まで運んでくれたんです。それ以来の付き合いなんだけど、彼、いつも外国暮らしで、なかなか日本にいないんです。今回は九月いっぱいまでいられるって言うんで、久しぶりに僕の研究室で話し込んでて。本当は二人で呑みに来れたら良かったんですけどね」

「いや、僕もほとんど日本にいないので、できるだけ父と一緒に過ごせればと思っているのですが」

ありさは聞くともなく二人の会話を耳にしていたが、次第に胸がうずいてきた。

播戸という男性とはまったく面識がないが、言葉の端々《はしばし》から、心から妻を愛し、子供を愛していることが伝わってきた。

奥さんも大変だろうけど、この人もかなり頑張っている。確かに、毎日テイクアウトとデリバリーでは飽きるだろうが、奥さんを愛しているから、我慢している。無理してるんだ。愛してるから……。

「お待たせいたしました」

恵は播戸と昴の前にビニール袋を二つずつ置いた。大皿料理の容器の袋には保冷剤を入れ、茶飯とおでんの容器とは別にした。

「おでんの方は、召し上がる前に温めて下さいね」

「ありがとう。また、テイクアウト頼んでいいかな？」

「もちろんです。お待ちしてますよ」

昴も一礼して袋を受け取った。

「ありがとうございます。日本にいる間に、また伺います」

二人が店を出て行くのを、恵はカウンターの中から見送った。


「ママさん、鰹のタタキを韓国風で下さい。それとレンコンの肉詰め揚げ。シラスおろしもいっちゃう？」

楓が訊くと、南朋は気軽に頷いた。

「季節のものは、全部頼もう。お酒は何がいいですか？」

「韓国風で召し上がるなら、遊穂《ゆうほ》の純米酒は如何《いかが》でしょう。メリハリボディのお酒で、揚げ物やピリ辛味の料理を引き立てて、後口をさっぱりさせてくれます……と、酒屋さんが言ってました」

楓と南朋は顔を見合わせて、にんまりと笑った。

「それ、二合。グラス四つね」

恵はまず酒のデカンタとグラスを出し、調理にかかった。最初はシラスおろしだ。料理は味の薄いものから濃いものへと出していかないと、印象がぼやけてしまう。

大根を下ろし、豊洲市場で買った釜揚げシラスを載せ、季節のカボスを搾《しぼ》る。単純だが、酒の肴にご飯のおかずに、大活躍だ。

次に鰹のタタキ。これは豊洲市場で買ってきた鰹のサクを、自分でタタキにした。藁《わら》で燻《いぶ》すようなことは出来ないので、フライパンにサラダ油を敷いて、表面を一分ずつ焼き付けた。水で冷やすと味が薄くなり、風味も損なわれるので、バットに取って冷凍庫に入れ、一気に冷やすようにと魚屋さんからアドバイスされた。凍《こお》る寸前で冷蔵庫に移しておけば、そのまま使える。

紫玉ネギの薄切りを敷き、鰹を厚さ八ミリに切って並べ、コチュジャンを使ったタレをかけて、えごまの葉の千切りを散らす。

鰹のタタキは、和風でもニンニクを薬味に使うので、韓国風に調理しても相性が良い。

「あ、ほんと。このお酒、コチュジャンとよく合う!」

タタキをつまんで遊穂を口にした楓が、嬉しそうに声を上げた。

恵は冷蔵庫から肉を詰めておいたレンコンを取り出し、食感を楽しめるように二センチの厚さに切り分ける。レンコンはなるべく穴の大きな品を選んで、バットにひき肉を敷き、レンコンの断面を上から押し付けると、穴からひき肉が盛り上がってくる。鶏でも豚でも良いが、恵は豚のひき肉を選んだ。

それを中温の油で、レンコンの水分を飛ばすような気持ちでじっくりと揚げる。油の音が静かになり、レンコンがきつね色になったら出来上がりだ。揚げたてを辛子醤油をつけて食べる。

「熱いので、お気をつけて召し上がって下さい」

恵が四人の前に皿を置くと、南朋がデカンタを目の高さに上げて言った。

「遊穂、お代わり」

「ピッチ、早くない？」

楓がちらりと横目で南朋を見たが、本人は余裕の笑顔で答えた。

「全然。鉄は熱いうちに打て。酒は美味いうちに呑め」

「もう、全然意味不明」

しかし、そういう楓も楽しそうだった。

それに比べて、ありさと桐ケ谷の間にはほとんど会話がなかった。ありさは沈んだ感じで言葉少なだったが、桐ケ谷にはそんなありさの気持ちを引き立てようとか、会話に引き込もうとかする気配がなかった。

と、急にありさは背筋を伸ばし、大きく息を吸い込んで、ゆっくりと吐き出した。

「ねえ、あなたには私と結婚する意思はないの？」

唐突《とうとつ》な言葉に、楓と南朋は一瞬ハッと息を呑んだ。

「急に、どうしたんだよ」

桐ケ谷は明らかに戸惑っていた。

「十年も付き合ってるのに、急はないでしょう」

「こんな所でそんな話、しなくても」

「どんな所だって同じよ。イエスかノーか、答えはどちらかしかないんだから」

楓は、突然の急展開に、固唾《かたず》を呑んだ。そして心の中で「そうよ、ありさ。言ってやれ、言ってやれ！」と叫んでいた。

「だから、まだ決心がつかないんだよ。何度も言ったじゃないか。無理に物事を進めると、必ず破綻《はたん》する。自然に任せて時期を待とうって」

ありさは声を出さずに小さく笑った。非難しているようでもあり、憐《あわ》れんでいるようでもある。不思議な微笑だった。

「分かったわ。私たち、もう終わりね。別れましょう」

楓は思わず「やったー！」と叫びそうになり、あわてて声を引っ込めた。

桐ケ谷は困惑して、視線を泳がせた。

「なんで急に、そういう話になるかな？」

ありさは、キッと桐ケ谷を睨みつけた。

「急じゃないわ。十年よ。もう十年も待ったのよ。もうたくさん、これ以上あなたに付き合ってられない」

声を荒らげなくても、迫力というのは伝わるものだ。ありさは決然としていて、腹をくくった人間の強さが前面に現れていた。

「あなたはいつも無理はしたくない、自然に任せよう、ナチュラルな気持ちを大事にしたいって言ってた。私はずっとその気持ちを尊重してきた。だけど、今やっと気が付いた。本当に誰かを愛していれば、ときには無理もする。私がそうだったから。でも、あなたは一ミリも無理をしたくないという。それは愛情がないからよ」

「乱暴だな。決めつけるなよ」

「遅いわ。私はもう決めた。あなたとは、ここでキッパリ別れる。もう二度と会わない。電話もメールもしない。さよなら」

ありさは椅子から立ち上がると、楓の前に千円札を三枚置いた。

「足りなかったら教えてください。今度払います」

そしてくるりと踵《きびす》を返し、店を出て行った。気まずい雰囲気が、もわりと店に立ち込めた。

しかし、恵はハッキリと見た。ありさの背中に、新しい光が灯《とも》ったのを。まだ小さいが、明るく温かな、暖色系の光だった。

ありささんに、新しい出会いがあったのかも……。

恵は祈るような気持ちで、空いたグラスを片付けた。

すると桐ケ谷も、南朋の前に重ねた三千円を置いて、椅子から立ち上がった。

「俺も失礼するよ。さすがに、このまま呑み続けられる心境じゃない」

「彼女、追いかけなくていいのか?」

桐ケ谷ははっきりと首を振った。

「無駄だよ。見てただろ」

桐ケ谷は楓と恵に言葉少なに挨拶して、帰って行った。

「やったね!」

楓は椅子から立ち上がってガッツポーズをした。

「良かった！　これでありさも幸せになれる」

南朋の方を振り返り、グラスを掲《かか》げた。

「今日はめでたい。乾杯！」

南朋は複雑な表情をしていたが、楓はグラスに残った酒を一気に呑み干すと、恵の方に身を乗り出した。

「ありさは幸せになれるよね、ママ」

「はい」

恵もキッパリと答えた。

「ありささんは、ご自分の意志で進むべき道を選択しました。その強さをお持ちなら、これからも大丈夫です。誰かの意思に振り回されることなく、キチンと生きていけます」

「新しい恋の兆候《ちょうこう》とか、見えなかった？」

恵はにっこり笑って首を傾《かし》げた。

「それはまだ何とも。でも、ご本人がしっかりしていれば、新しい出会いも生まれると思いますよ」

答えを曖昧《あいまい》にぼかしたものの、恵はありさに灯った小さな光を思い浮かべた。あの小さな光が大きく育って、ありさを包み込んでくれるように、願わずにいられなかった。

その日は五月雨《さみだれ》のように一人、二人とお客さんが入り、九時半で一回転した。土曜日としては御《おん》の字《じ》だ。それに播戸と昴がテイクアウトしてくれたので、その分も売り上げアップした。

そうか、おでんならテイクアウトも出来る。いささか遅きに失したけど、うちも始めようかしら。

そんなことを考えながらグラスを洗っていると、入り口の引き戸が開いて、名高が顔を覗かせた。

「二人、大丈夫?」

「はい、どうぞ!」

声も胸も弾ませたが、名高に続いて入ってきた連れの顔を見た途端、楽しい気分は消し飛んだ。垣内寧次《やすじ》だった。つけの件は、まだ名高には伝えていなかった。

「軽く食べてきたから、お通しとおでんだけで」

名高が生ビールの小ジョッキを注文すると、垣内も「同じで」と同調した。

この前、来店したときのふてぶてしさとは打って変わって、今は態度や物腰も神妙《しんみょう》だ。完全に猫をかぶっている。

「それにしても、シェルターの件では、名高さんには何とお礼を申し上げてよいか分かりません」

「とんでもない。そろそろ建て替えなくてはと思っていた物件です。有効利用して下されば、こんなに嬉しいことはありません」

「何しろ、ああいう子たちはメンタルに問題を抱えていますからね。普通のアパートではなかなか入居が認められないんですよ」

二人は生ビールを呑みながら、仕事の話を続けていた。

恵は、何とか名高に垣内の所業《しょぎょう》を知らせたかったが、どうしても話すきっかけが摑《つか》めなかった。

「それで、都の交付金の件ですが……」

垣内が尋ねると、名高は鷹揚《おうよう》に頷いた。

「大丈夫、確実に承認されます。委員長の槙枝《まきえだ》議員は議員一年目の頃、私の亡くなった父が引き立てた恩を忘れずにいます」

「ああ、それなら安心です」

恵は内心の焦燥《しょうそう》を顔に出さないように気を付けながら、垣内から目を離さなかった。何とか化《ば》けの皮を剝《は》いでやりたいが、今日は無理らしい。今度、名高が一人で店に来たときに、必ず。

「こんばんは」

入り口の引き戸が開いて、二本松翠《みどり》が入ってきた。

「一人だけど、いいかしら?」

「もちろんです。どうぞ、こちらに」

恵は一つだけ空いていた席を指し示した。

翠が席に座る様子を、カウンターにいたほかのお客さんたちはじっと見守った。何しろ女優顔負けの美女なので、どこへ行っても注目の的なのだ。

「スパークリングワイン、あります?」

「はい。今日はスペインのロゼなんですけど、よろしいですか?」

翠が頷いたので、恵は冷蔵庫からコドルニウ・クラシコの瓶《びん》を取り出し、グラスに注《つ》いでカウンターに置いた。

そのとき、名高の様子が変なのに気が付いた。必死に隠そうとしているが、ひどく動揺している。ジャケットの内ポケットから財布を取り出すとき、小さく手が震えた。

「悪いが、今日はこれで。釣《つ》りは要《い》りません」

席を立ってカウンターに一万円札を置いた。垣内も腑《ふ》に落ちない顔をしたが、続いて席を立った。

翠はそのとき初めて気づいたように、首を回して振り向いた。名高と垣内をとらえた視線が、急に鋭くなった。

名高は垣内を従えて、逃げるように店から出て行った。

恵はわけが分からないまま、とりあえず翠のお通しを皿に盛り始めた。

「ねえ、ママさん」

いつもより硬い声で翠が尋ねた。

「今出て行ったお客さん、こちらにはよく来るの？」

「どちらの方でしょう」

「ちょび髭」

垣内のことだ。

「ご来店は今日で三回目です。もう一人のお客さまのお連れさまで」

「あの二人、仲いいの？」

「お髭の方が、お仕事で世話になっていると仰《おつしや》っていました」

「ふうん」

翠は眉間《みけん》に一本しわを寄せて、スパークリングワインに口を付けた。

「あのう、あのお二人をご存じでいらっしゃいますか?」

「髭の方は知り合いとは言えないわね。もう一人の方は、昔の知り合い」

どういう知り合いなのか、訊きたくてたまらなかったが、恵は必死に抑《おさ》えた。お客さんのプライバシーに踏み込むわけにはいかない。

すると、恵の気持ちを察したように、翠がさらりと答えた。

「婚約してたのよ。よんどころない事情があって解消したけど」

そして苦笑を漏らした。

「最初は全然分からなかった。もう二十年も会ってないんだもの」

だが、名高はひと目で分かったのだ。そしてはた目にも分かるほど、激しく動揺した。

かつて名高の語った「熱烈な恋の相手」が、この美人検事だったのだと、恵はやっと理解した。

五皿目

愛と未練と梅和《うめあ》えと

「月島《つきしま》さん、私にお茶を教えていただけないでしょうか」

ありさはマンションの床に膝《ひざ》をつき、車椅子《くるまいす》に座っている月島を見上げた。月島はわずかに眉《まゆ》を上げたが、その顔にいつもの皮肉の影はなかった。

「どうして私に頼むのかな。茶の湯を学ぶなら、普通は教室に行くだろう」

「月島さんの点《た》てたお茶をいただいて、お茶の心のようなものを感じたからです。教室で教えてくれるのは所作や知識でしょう。私はそういう形式的なものではなく、お茶の心を知りたいんです。今よりもっと深く」

月島はありさの顔を見直した。

「それは立派な心がけだ。しかし、茶の心を知ってどうする？」

「自分の心と向き合いたいんです」

月島は、ありさの答えを吟味《ぎんみ》するかのように眉を寄せた。

「私は自分の心が見えませんでした。もしかしたら、見ないふりをしていたのかも知れません。でも、こちらでお茶をいただいた時間は、短かったけど、自分の心が見えました」

ありさはまっすぐに月島の顔を見つめた。

「私は自分の心を強くしたいと思いました。そして、お茶の心に触れることで、自分の心を鍛《きた》えることが出来るような気がしたんです。私は誰かに振り回されるのではなく、自分の心の声を聞きながら生きてゆきたいんです。だから、お願いします」

　ありさはそのまま床に額《ひたい》をつけて平伏した。

「まあ、とにかく頭を上げなさい。それじゃ話も出来ない」

月島は、迷惑そうな口調ではなかった。

「話は分かった。そううまくいくとは思えないが、私も久しぶりに茶を点ててみて、気分が良かった。続けるのはやぶさかではない」

　ありさはパッと顔を上げた。

「ありがとうございます！」

月島に頼みごとをするなど、以前のありさなら尻込《しりご》みしただろう。しかし、今朝《けさ》は自分でも意外なほど抵抗なく、思いが言葉に乗って流れ出した。

　十年も続いた「長すぎた春」を、すっぱりと終わらせることが出来たのは、めぐみ食堂で双子《ふたご》の赤ちゃんを持つ男性の言葉を聞いたのがきっかけだった。しかし、その言葉がまっすぐありさの胸に届いたのは、心が澄明《ちょうめい》になっていたからだと思う。心が曇《くも》っていたら、真意を感じ取ることは出来ない。以前のありさのように。

心が澄明になったのは、月島の点てた茶を喫《きっ》した、あの短い時間が作用したのだ。あの後、ありさは一日に一度はゆっくりとお茶を淹《い》れて飲むようになった。それは自分の心と向き合う時間でもあった。それ故《ゆえ》、自分と桐ケ谷《きりがや》の真の姿が見えてきたのだ。

もちろん、茶の湯は魔法ではないから、それだけで心が変容するわけではない。だが、成り行きに任せてきた日々と決別し、新しい一歩を踏み出すために、茶の湯の作る静謐《せいひつ》な時間は、きっと助けになるはずだ。

午前中の介護はすべて終わっていて、いつもなら帰る時間だった。

「それでは今から小一時間ほど、時間はあるかね？」

「はい。よろしくお願いします」

「茶事の準備をするのは、時間がかかる。まずはここで、簡単な点前《てまえ》をしよう」

月島はサイドボードや戸棚を指さして、茶碗《ちゃわん》その他の道具を運んでくるように指示した。それが終わると「小ぶりの鍋《なべ》に湯を沸《わ》かして、テーブルに置いてくれ」と言った。

「それでは、簡単に道具の説明をしよう。とりあえず茶を点てるのに必要なものだ。茶碗、棗《なつめ》、茶筅《ちゃせん》、茶杓《ちゃしゃく》、柄杓《ひしゃく》、水指《みずさし》、建水《けんすい》」

棗は抹茶《まっちゃ》を入れる容器、茶筅はお茶をかき回して泡立《あわだ》てる用具、茶杓は抹茶をすくう匙《さじ》、柄杓はお湯をすくう道具で、水指は水を入れて温度調節などに利用する、建水は茶碗を清めたり温めたりした湯や水を捨てる器である。

月島は湯を沸かした鍋を指さした。

「本来はこれを茶釜《ちゃがま》という。茶を点てるための湯を沸かす釜だ」

いかにも由緒《ゆいしょ》ありげな茶道具に交じって、家庭用の両手鍋は場違いで滑稽《こっけい》でもあったが、月島が一向に気にしていない様子なので、ありさも気にならなかった。

「あのう、袱紗《ふくさ》はよろしいんですか？」

月島は露骨《ろこつ》に顔をしかめた。

「あんなものは美味《うま》い茶を点てる役にも立たんし、客人を気遣《きづか》う役にも立たん。気にしないでよろしい」

「はい」

ありさは内心ほっとした。テレビで観《み》た茶会のシーンでは、袱紗を畳んだり広げたりしていたが、何のためにそんなことをするのか、理解できなかったからだ。あれをやらされたら、きっと心からお茶を楽しめないだろう。

月島は前回と同じく、優雅な手つきで茶を点てた。鍋から柄杓で湯をすくい、茶碗に注《そそ》いだ後、柄杓を置く動作が特に美しかった。月島の手にかかると、家庭用の両手鍋まで、茶道具のように見えてくるから不思議だった。

「どうぞ」

月島は茶碗を差し出した。今日は「楽《らく》」と呼んでいた筒《つつ》形の茶碗だった。

「いただきます」

ありさは一礼して三口《みくち》で飲み干した。茶碗を返して頭を下げると、月島も軽く一礼した。

「最初は難しいことは考えなくてよろしい。心から雑念を追い払って、ゆっくりお茶を味わいなさい。うちにはそれなりに珍しい道具も揃《そろ》っているから、それを眺《なが》めるのも良いと思う」

「はい」

そのとき、リビングに昴《すばる》が入ってきた。お茶の道具が並んでいるのを見て、不思議そうに月島とありさの顔を見比べた。

「今日から山添《やまぞえ》君に茶の手ほどきをすることになった」

「へえ」

「お前も一服《いっぷく》どうだ？」

「いただきます」

昴は月島の左隣、ありさと向き合う席に座った。

「ずっと講演の準備をしてたんで、少し頭が疲れてて。こういうとき、お薄《うす》はいいですね」

「お薄って何ですか？」

「ああ、抹茶のことです。抹茶には薄茶《うすちゃ》と濃茶《こいちゃ》があって、普通に我々が飲んだり、茶会で使われたりするのは薄茶が多いんです」

「そうなんですか」

ありさにしたら、抹茶は煎茶《せんちゃ》より濃厚で、十分「濃茶」だった。しかし上には上があるらしい。

「濃茶は、抹茶も上質のものに限られるんですが、薄茶の二倍の量を入れて、お湯は少なめです。だから薄茶は『点てる』と言うんですが、濃茶は『練《ね》る』と言うんですよ」

「まあ。それ、美味《おい》しいんですか？」

昴はちょっと困った顔になった。

「好き好きかな。僕は薄茶派だけど」

ありさは不意に、昴もめぐみ食堂に来ていたことを思い出した。

「そういえば、めぐみ食堂のおでん、如何《いかが》でした?」

「いやあ、美味しかったですよ。親父《おやじ》もすっかり気に入ってたよね」

月島は厳《おごそ》かに頷《うなず》いた。

「茶飯《ちゃめし》も惣菜《そうざい》も美味かった。また買ってきてくれ」

月島は昴の前に茶碗を置いた。

「いただきます」

昴は一礼して茶碗を取り、ゆっくりと飲み干した。昴は気取ったところはまったくないのに、由緒ありげな茶道具の扱いに慣れた雰囲気があった。

「大変美味しくいただきました」

ありさはこういうときは「結構なお点前でした」と言うものだと思っていたので、意外な気がした。もしかしたら、あれは映画やドラマの中だけのセリフなのだろうか?

昴が茶碗を返すと、月島が無造作に付け加えた。

「あとで茶事用の菓子も買ってきてくれ。せっかくのお点前も、空茶《からちゃ》では愛想《あいそ》がない」

「いいよ。何がいいの？」

「練りきり。一炉庵《いちろあん》か鶴屋《つるや》吉信《よしのぶ》か鶴屋八幡《はちまん》だぞ」

「はいはい」

後片付けは簡単に終わり、ありさはマンションを辞去した。玄関を出たところで、後ろから呼び止められた。振り向くと、昴が小走りに近づいてきた。

「今すぐ買って来いって言うんですよ。年寄りはこらえ性がないな」

「講演の準備があるのに、大変ですね」

「まあ、普段あんまり親孝行できないから、仕方ないですよ」

「そんなことありませんよ」

昴は寂しそうな顔で目を逸《そ》らした。

「親父には申し訳ない気持ちです。趣味も性格も全然合わない息子で。僕は官僚にならなかったし、音楽に興味ないし、グルメでもない。親父はがっかりしてるんでしょうね。もうちょっと自分に似ても良かったのにって」

「でも、昴さんは月島さんの好きなおでんをお土産《みやげ》に買っていったじゃありませんか。頼まれればお菓子を買いに行くじゃありませんか」

昴はくすぐったそうに身じろぎした。

「こんなの、一瞬ですから。だいたい、僕はいつも外国にいて、親父と顔を合わせるのも一年か二年に一回だし」

「お仕事なんだから、仕方ありませんよ」

ありさは約二年間接してきた月島について、感じるところがあった。

「私は初めて月島さんのお宅に伺ったとき、圧倒される思いでした。すごい高級マンションで、美術品やレコードの名盤に囲まれて、なんて幸せなんだろうって」

月島はマンション、美術品、名盤レコードと、形あるものを沢山所有している。だが、老いが進むにつれ、形あるものを御《ぎょ》する力を失いつつあった。

「でも、今は人の手を借りないと、お好きなレコードを聴くことも出来ません。それに……」

やがて死に至れば、形あるものはすべて、何の価値もなくなってしまう。墓場まで持っていけるものなどないのだから。

「でも、昴さんに伝えた茶道と、お茶の心は違います。月島さんが亡くなった後も、昴さんの中で生き続けます」

昴は不意を突かれたような顔で、ありさを見返した。

「お茶を点てるたびに、昴さんは心のどこかで、月島さんの存在を感じると思います。だから月島さんは、ご自分が亡くなった後も、息子さんの心の中で生きることが出来るんですよ。これほどの親孝行はありません」

　昴はありさに向き直った。

「本当に、そう思いますか？」

「はい」

　ありさははっきりと断言した。

「私は介護の仕事で、ご高齢の方を沢山見てきました。皆さんの一番の願いは、自分を忘れずにいてくれることです」

「ありがとうございます」

　昴は神妙《しんみょう》な面持《おももち》ちで言った。

「それを聞いて、気が楽になりました。ずっと喉《のど》に引っかかっていた小骨が、取れたような気分です」

「それを言うなら、私こそ。月島さんのお陰で、新しい道が開けました。心から感謝しています」

　ありさは晴れやかな気持ちだった。気分一新とはこういうことだろうか。通いなれた駅へ続く街の風景さえ、新鮮に感じられた。

週の初めの月曜日だというのに、恵《めぐみ》の心は晴れなかった。土曜の夜、逃げるように店を出ていったきり、名高《なだか》から連絡はない。

あの夜の名高はひどく動揺していた。恵が心配していることは察しがつくだろうに、どうしてひと言くらい連絡してくれないのだろう。思いがけず昔の婚約者と遭《そう》遇《ぐう》して、取り乱してしまったのなら、なおのこと。

気持ちは晴れないが、身体《からだ》を動かさないわけにはいかない。いつもと同じく四時少し過ぎに店に入り、おでんの仕込みをして、五種類の大皿料理を作った。

今日のメニューは、ピータン豆腐、ブロッコリーと豚コマのXO醬《ジャン》炒《いた》め、オクラと納豆《なっとう》の梅和え、人参《にんじん》のグラッセ、卵焼き。

ピータン豆腐は中華料理店ならどこにでもあるが、具材に搾菜《ザーサイ》と干しエビのみじん切りを混ぜ、タレに豆板醬《トウバンジャン》を使っているところが一味違う。旨味《うまみ》の相乗効果で、酒が止まらなくなる。

ブロッコリーと豚コマのXO醬炒めは、冷めても美味しく食べられる。ご飯のおかずにピッタリだが、XO醬に含まれる干しエビや干し貝柱《かいばしら》の旨味で、酒の肴《さかな》としても主役を張れるのだ。

オクラと納豆は両方ネバネバ系で相性が良い。梅の酸味が爽《さわ》やかで、ご飯に載せて良し、酒の肴に良しの二刀流。

人参のグラッセは、スーパーのお勧め品の人参で作った。洋食の付け合わせの定番だが、人参の甘味とバターの風味がよく合って、単独でも美味しい。今日はハチミツとレモンで味を付けてみたが、これも人参との相性は抜群だった。

恵はすべての調理を終えて、接客用の割烹着《かつぽうぎ》に着替えた。身体を動かしたせいか、少し心も晴れてきた。

名高さん、来てくれないかな……。

そんなことを考えながら店の表に暖簾《のれん》を出していると、しんみち通りに名高の姿があった。こちらへやってくる。

恵は店に入らず、入り口で待っていた。

「いらっしゃいませ」

「先日は失礼しました」

恵はカウンターの中に入り、名高は正面の席に腰を下ろした。

「生ビール下さい。小で」

そして、遠慮がちに付け加えた。

「開店早々だけど、もしよかったら一杯呑んで下さい」

「ありがとうございます。いただきます」

恵はビールの小瓶《こびん》の栓《せん》を抜き、自分のグラスに注《つ》いだ。ひと口呑んでグラスを置くと、名高は話し始めた。

「すでに聞いたかも知れないが、二本松翠《にほんまつみどり》さんは昔、婚約していた女性だ。婚約を解消した経緯《けいい》は、前に話した通り。あれ以上付け加えることは何もない」

「はい」

名高はやりきれないように首を振った。

「まったく、自分が情けないよ。もう忘れたと思っていたのに、いきなり本人が目の前に現れると、すっかり頭に血が上ってしまって……。昔とほとんど変わっていないので、余計にね。悪夢が目の前に甦《よみがえ》ったよ」

翠の方は、最初は名高を思い出せなかった。名高との婚約解消は、翠にはまったく後遺症を残さなかったらしい。忘れてしまえる程度の浅手《あさで》だった。

「今は、如何《どう》ですか?」

「もう大丈夫。さすがに、今更《いまさら》恨み言《ごと》を言う気もないよ」

名高は生ビールをジョッキ半分ほど呑み、カウンターに置いた。

「恵さん、僕との結婚を考えてくれないか？」

唐突《とうとつ》だが、予感していなかったわけではない。いつかは聞くはずの言葉だった。

恵の沈黙を困惑と思ってか、名高はあわてて言葉を続けた。

「答えは急ぎません。落ち着いて、じっくり考えて下さい。お互い、一生のことです」

「はい」

恵は名高の言葉をもう一度、胸の中で嚙《か》みしめた。

「それと、一つお願いがあります」

「なんでしょうか？」

「結婚したら、店はたたんでもらいたいんです」

思いがけない言葉に、恵は一瞬返事に窮《きゅう》した。

「勝手な言い草で申し訳ないと思っています。ただ、僕は今の社会福祉法人を、亡くなった小夜子《さよこ》と二人三脚でやってきました。彼女も理事の一人として、精力的に活動してくれました。だから、恵さんとも、公私共に二人三脚でやっていきたいんです。そうなると、この店を続ける時間的余裕はなくなります」

恵はすっかり面喰《めんく》らい、困惑していた。店をたたんでくれと言われるとは、夢にも思っていなかったのだ。

「誤解しないで下さい」

名高はなだめるような口調で続けた。

「これはあくまでもお願いです。条件ではありません。恵さんに受け容《い》れがたいお願いなら、また改めて話し合いましょう」

「すみません。すぐには考えがまとまらなくて」

「謝らないで下さい。迷うのは当然です。長年店を経営してきて、一方《ひとかた》ならぬ愛着があるのも承知しています。だから、どうぞあわてずに、ゆっくり考えて下さい」

名高は財布から一万円札を出すと、カウンターに置いた。

「お釣《つ》りは結構です」

恵はあわてて押し返そうとした。

「いただきすぎです。土曜日のお釣りでも多すぎるくらいなのに」

「厄介《やっかい》なお願いを持ち込んだ、お詫《わ》び代もです」

名高は軽く一礼して、店を出て行った。

恵はカウンターの中から後ろ姿を見送って、しばし呆然《ぼうぜん》とした。

まさかこんな展開になるとは思わなかった。お互いある程度の年齢で知り合ったので、それまでの生活を維持しながら、二人の時間を大切にするのだろうと、思い込んでいた。恵は別居婚でもいいとさえ考えていたのだ。

いや、本当はそれを望んでいたのかもしれない。新見圭介《にいみけいすけ》と浦辺佐那子《うらべさなこ》の事実婚カップルは、別居婚だった。佐那子は以前、「お互い高齢になってからの再婚なので、これまでのライフスタイルを大きく変えると不具合が生じる」と言っていたが、結果的にそれは成功して、夫婦は円満だ。

恵は一人暮らしが長い。そしてかれこれ十五年、めぐみ食堂と二人三脚でやってきた。そのライフスタイルをガラリと変えて、名高と一緒に社会福祉法人の運営に携《たずさ》わって、上手《うま》くやっていけるのだろうか？

頭の中は不安と疑問符でいっぱいになった。

「こんにちは」

お客さんの声で、ハッと我に返った。土曜日に播戸《ばんど》と一緒におでんをテイクアウトした、髭面《ひげづら》の男性が入り口に立っていた。

「いらっしゃいませ。確か、月島さんでしたね」

「すごいなあ。よく覚えてますね。お店をやってる人って、ほんと、他人《ひと》の顔を忘れませんよね」

昴は屈託《くったく》のない口調で言って、持参した紙袋をカウンターに置いた。

「これ、この前いただいた容器です。また、おでんと茶飯、大皿の料理をテイクアウトでお願いします」

「まあ、わざわざありがとうございます」

百円均一の店で買った容器だが、わざわざ持ってきてくれたのが嬉《うれ》しい。人柄《ひとがら》が偲《しの》ばれるというものだ。

「どうぞ、お掛けになってお待ち下さい」

昴が椅子に腰かけると、恵は呑みかけの瓶《びん》ビールに目が留《と》まった。

「よろしかったら一杯いかがですか？　お店からサービスさせていただきます」

「嬉しいなあ。いただきます」

昴は笑顔になった。髭に囲まれて、歯の白さが際立って見えた。

「お待ちどおさまでした」

土曜日と同じく、おでんと茶飯、大皿料理を別々の容器に入れ、大皿料理には保冷剤を添えて袋に入れた。

昴は財布を出して代金を支払い、袋を受け取った。

そのとき、昴の背後に小さな光が灯《とも》っているのが見えた。まだ少し弱いが、温かな暖色系の光だった。土曜日に来店したときはなかったはずだ。

「何か？」

恵の凝視《ぎょうし》に気が付いて、昴は怪訝《けげん》な顔をした。

「いえ、あの、大したことじゃないんですけど……」

一度は言い淀《よど》んだが、思い切って先を続けた。

「最近、気になる女性と出会いませんでしたか？」

「え？」

昴は呆気《あっけ》にとられたような顔をした。

「出会いも何も、僕は親父とマンションにこもりきりで」

言いかけて、昴は途中で言葉を呑み込んだ。その顔に、パッと閃《ひらめ》きが浮かんだのが分かった。

「もしかしたら、あったかも知れないです」

「そうですか」

恵は少しホッとした。

「人との出会いはご縁ですから、大事になさって下さいね」

「はい。そうします」

昴はもう一度、嬉しそうな笑顔を見せた。

その日、十時半になろうという時間に江差清隆《えさしきよたか》が現れた。残っているお客さんは二人いたが、どちらも勘定《かんじょう》を頼んでいて、帰る間際だった。

先客二人を送り出すと、恵は立て看板の電源を抜いて暖簾を外し、入り口に下げた「営業中」の札《ふだ》を裏返して「準備中」に直した。

「悪いね。またもや貸し切りで」

店に戻ると、江差は片手で拝《おが》む真似《まね》をした。

「お飲み物は?」

「恵さん、おごるよ。好きなもの呑んで。俺《おれ》、同じもの」

「それじゃ、スパークリングワイン、いただこうかしら」

恵は女性に人気のコルドニウ・クラシコを冷蔵庫から出し、栓を抜いた。二脚のフルートグラスに、ピンク色のスパークリングワインを注いでゆく。

「これ、スペイン王室御用達《ごようたし》のワイナリーが作ってるんですって」

「豪勢だな。ついに名高さんにプロポーズされた?」

恵は思わず、カヴァを注ぐ手を止めた。

「分かる？」

「いや、言ってみただけ」

江差はそこでひょいと肩をすくめた。

「でも、近い将来そうなることは予想してたよ。名高さん、真面目《まじめ》な人だし」

江差はフルートグラスの一つを取り、目の高さに掲《かか》げた。

「乾杯。で、どうするの？」

「迷ってるの」

「まあ、悪い話じゃないと思うけどね。名高さんは資産家だし、良い人だし、恵さんだって好感持ってるんでしょ」

恵はグラスを傾けて半分ほど一気に呑み、カウンターに置いた。

「それがね、店をたたんでくれって言われちゃって。一緒に社会福祉法人の運営をしてほしいんですって」

江差はグラスをもてあそびながら、考える顔になった。

「まあ、それも悪い話じゃないと思うけどね。おでん屋の女将《おかみ》さんより、社会福祉法人の理事長夫人の方が、偉く見えるじゃない」

「あなたもそう思う？」

江差はグラスに残ったカヴァを呑み干した。

「俺は個人的に恵さんを知ってるから、全然そうは思わないけど、何も知らない世間の人は、肩書で判断するだろうね」

恵は苦笑を漏《も》らした。江差と話していると、いつも少し気持ちが軽くなる。見栄《みえ》や気取りがなく、飄々《ひょうひょう》としているので、恵も肩の力が抜けるのだろう。

「私、名高さんにプロポーズされたときは嬉しかったわ。これまで私に結婚を申し込んでくれたのは、亡くなった夫だけだったから」

しかも亡き夫が恵との結婚を望んだ理由は、愛情より、人気占い師だった恵の利用価値の方が大きかった。

「名高さんは今の私と結婚しても、何のメリットもない。それでも伴侶《はんりょ》に望んでくれたことが、本当に嬉しかったし、ちょっぴり誇《ほこ》らしかった」

恵は江差のグラスにカヴァを注ぎ足した。

「俺は思うんだけど、もし今の恵さんが人気占い師だったら、むしろ名高さんは敬遠したんじゃないかな。人気者と結婚するのは、荷が重いからさ」

そして天を仰《あお》いで溜息《ためいき》を吐《つ》いた。

「今にして思うと、三浦友和《みうらともかず》ってすごいよな。山口百恵《やまぐちももえ》と結婚したんだから」

「百恵ちゃんも立派よ。結婚と同時に引退して、二度と芸能界に復帰しなかったでしょ。普通は結婚後も仕事を続けるか、時期を見てカムバックするか、どっちかよ」

恵が人気占い師として活躍していた頃、一番苦手だった仕事が、スター同士で結婚した男女の将来を占うことだった。占いの結果は九割が離婚、残りは仮面夫婦と出た。例外的に円満なのは、一方（主に女性）が芸能界を引退した場合だった。

「私、虫のいいこと考えてたの。名高さんと結婚しても店はこのまま続けたいとか、別居婚でいいんじゃないかとか」

「それは当然でしょう。恵さんだって長いことこの店を経営してるわけだし」

まとまらない考えを追って、恵は視線を宙に彷徨《さまよ》わせた。

「この店をたたむってことは、ただ商売をやめるだけじゃない。店と一緒に積み上げてきたものを、全部手放すことになるのよね。お客さまとの人間関係、業者さんとの付き合い、店の信用……。そう思ったら、急に気が重くなっちゃって」

恵はかつて自分が、ある女性に言った言葉を思い出した。

「人は何かを手に入れるためには、何かを諦《あきら》めないといけないのよ」

その通りだ。もし名高との結婚を望むなら、めぐみ食堂を諦めなくてはならない。だが、そうやって手に入れた結婚で、果たして幸せになれるのだろうか？

「俺に言わせりゃ、迷ってる時点で、もう終わってるな。本気で誰かを好きになったら、後先考えずに突っ走ると思うよ」

江差はからかうように言った。その意見は恵の持論でもあったから、苦笑《にがわら》いするしかなかった。

「そうよねえ。歳《とし》取ったせいかしら、リスクばっかり考えて」

そのとき、入り口の引き戸が開いた。

「すみません、もう看板……」

言いかけて言葉を呑み込んだ。

入ってきたのは、かつての占い師仲間のマグノリア麗《れい》だった。

「お客じゃないの。すぐ帰るわ」

去年から同じしんみち通りで居酒屋を経営している。当初は相性占いを売りにする大規模な相席居酒屋だったが、質《たち》の悪い経営者の男と別れてからは店の規模を四分の一に縮小して、普通の居酒屋として再スタートした。占いは続けていて、結構当たると評判だ。

「何かあったの？」

　恵が尋ねると、麗はちらりと江差を見た。「この人がいても大丈夫？」と目顔《めがお》で問いかけたので、恵は「この人は大丈夫」と頷いてみせた。

「土曜日に、ちょび髭を生やしたお客が来たでしょう。二人連れで」

　垣内寧次《かきうちやすじ》のことだ。

「ええ」

「前にも一度、店から出てくるのを見たけど、常連さん？」

「いいえ。別のお客さんのお連れさん」

　答えながら、我知らず渋《しぶ》い顔をしていたらしい。それを見た麗は、納得した顔で頷いた。

「あいつ、別れた亭主とつるんでた時期があるの。聞いた話じゃ、未成年の女の子を食い物にしてたみたい。ホストクラブに誘い込んで通わせて、ツケがたまると風俗で働かせたり、AVに出演させたり、あくどいったらなかった」

「まあ」

「今は何やってるか知らないけど、どうせまともな稼《かせ》ぎはやってないわよ。出禁《できん》にした方がいいと思うよ」

「ありがとう。気を付けるわ」

麗は片手を上げて挨拶《あいさつ》し、出て行った。

それにしても、垣内は胡散臭《うさんくさ》い奴《やつ》だと思っていたが、まさかそこまで腐っていたとは知らなかった。これは何としても名高に知らせなくてはなるまい。

「この店に、そんなヤバい客が出入りしてたの？」

江差もさすがに眉をひそめた。

「垣内寧次って男。名高さんが連れて見えたのよ。ＮＰＯ法人の主宰者《しゅさいしゃ》で、弱者救済事業の先輩だって仰《おつしや》ってたけど、どうも不審な点が多くて。私もあの人には、これ以上店に来てほしくないと思ってたのよ」

垣内のことを考えると、つけ払いを強要された怒りが甦って、恵はグラスに残っていたカヴァを一気に呑み干した。

江差は腕組みして、しきりに首をひねっている。

「ただ、ホストクラブって違和感があるわ。未成年の女性が通えるような場所じゃないと思うけど」

江差は何か閃いたのか、腕組みを解いてパチンと指を鳴らした。

「最近はホストクラブも店が増えすぎて、過当競争に追い込まれてる。中にはあくどい手口で女性をカモにする店もあるんだ」

「でも、お金のない人は近づかないわよ」

　ホストクラブの顧客は、金持ちの素人《しろうと》女性（いわゆる有閑《ゆうかん》マダム）、ホステス、風俗嬢と相場が決まっていた。

「ところが店が増えすぎて、それだけでは経営が成り立たない。そこで金のない若い女性をカモにする輩《やから》が現れた」

　街で女性に声をかけて店に誘い、最初は居酒屋程度の値段で遊ばせる。そして二度、三度と通うようになると、高額料金に切り替える。もちろん、とても払える金額ではないのでつけになる。回を重ねるごとに、つけはどんどんたまってゆく。

「で、ある日請求書を突きつけて、払えないなら働いて返せと脅《おど》して、風俗店勤務やAV出演を強要する」

「最初から罠《わな》だったわけね」

「そうそう。店側でも、この子ならどのくらい稼げるか、お客にする前に値踏みするそうだ。つまり最初から客じゃなくて、カモだったってこと」

　恵は店側の手口には憤《いきどお》りを感じたものの、カモにされた女性たちに心から同情することは出来なかった。

「だって、ホストクラブの情報は世の中に溢《あふ》れてるのよ。どのくらい高い料金を取られるか、想像つくじゃない。いくら初回が割引だからって、普通、行かないわよ」

「お説ごもっとも」

江差はからかうような口調で言ってから、口元を引き締めた。

「ただ、そうやって簡単に罠にかかってしまう女の子たちって、みんな孤独なんだなあって思ってさ。何でも話せる友達とか、相談に乗ってくれる相手がいれば、一歩手前で引き返せたのかも知れない」

そう言われれば、恵も思い当たる節《ふし》があった。

「そうね。私には尾局《おつぼね》先生がいた……」

尾局與《あたえ》は恵に備わった「目に見えないものが見える力」を見出《みいだ》し、一人前の占い師に育ててくれた恩師だった。與に出会うまでは、他人に気味悪がられるのを恐れて、その力を隠していた。與は恵のすべてを理解し、受け容れてくれた初めての人だった。

同時に、與は真行寺巧《しんぎょうじたくみ》の命の恩人でもあった。與亡き後、真行寺が陰になり日《ひ》向《なた》になり、恵の後援をしてくれたのは、與が「玉坂《たまさか》恵の力になってほしい」と遺言《ゆいごん》してくれたからに他ならない。

尾局與がいなければ、恵の人生はまったく違っていたことだろう。

「でも、世の中には誰もいない人もいるのよね」

恵は與が与えてくれた幸運に感謝しながらも、誰とも心を通わせられない孤独な少女たちのことを思い、胸に小さな痛みを感じた。


その週の金曜日のことだった。

午前中、豊洲《とよす》市場へ買い出しに行き、帰宅した途端《とたん》、スマートフォンが鳴った。画面を見ると江差だった。応答すると、スピーカーから緊張した声が流れた。

「恵さん、テレビ点《つ》けて邦南《ほうなん》のワイドショー観て」

「どうしたの？」

「垣内が逮捕された。そのニュースをやってる」

恵はあわててリモコンのボタンを押した。

放送中のニュース番組は画面が切り替わり、新しいニュースが読み上げられた。

「〇〇署は、若年貧困女性の救済を隠《かく》れ蓑《みの》に、生活保護を不正受給させ、強制的に供出させていたとして、自称ＮＰＯ法人主宰者の垣内寧次、四十二歳を逮捕しました」

恵はリモコンを持つ手を宙に浮かせたまま、耳を澄ませ、画面に見入った。画面には捜査員に囲まれて建物から出てくる垣内と、その仲間の映像が映し出された。垣内と一緒にめぐみ食堂に来た男の姿もあった。

解説によれば、垣内は街で保護した若年女性を「シェルター」と称する建物に収容したが、そこは六畳の部屋を三つに仕切ってあり、一人には二畳のスペースしか与えられなかった。シェルターは鉄筋三階建てで、一つのフロアに十部屋あったので、およそ九十人が収容されていたことになる。

シェルターに落ち着くと、まず銀行で本人名義の新しい口座を開設させられる。次に垣内の手下が同行して福祉事務所に赴《おもむ》き、生活保護の申請《しんせい》をする。その際は「両親の虐待《ぎやくたい》により鬱病《うつびよう》を発症している」など、虚偽報告も行われた。

生活保護費は本人の銀行口座に振り込まれるのだが、通帳は垣内たちに取り上げられ、手元にはなかった。だから「家賃」「光熱費」「水道代」「食費」などの名目で、支給された金額のほとんどを吸い上げられていたとは、知る由《よし》もなかったという。

「こんなタコ部屋みたいなところで、家賃月七万円ですか？　暴利ですよね」

コメンテーターが義憤《ぎふん》に駆《か》られたように、眉を吊《つ》り上げた。

「仮病を使って生活保護を申請させるっていうのも、ひどいですよ」

「こういうNPOの活動って、都や国から助成金とか出てるんじゃないですか？　そしたら、私たちの税金が使われたってことですよね」

他のコメンテーターたちも、次々に怒りを込めた意見を述べた。

垣内がどのような不正に手を染めていたか、短い時間でおよそのことは説明された。

やっぱり垣内は悪事に手を染めていたのね。名高さんは関係してないのかしら。

しかし、垣内はシェルターの件で名高に礼を言っていた。それを思い出すと、恵の心には再び不安が兆《きざ》してきた。

いいえ、名高さんは大丈夫よ。あの人が悪事に手を染めるわけないわ。絶対大丈夫よ。

恵は無理やり自分に言い聞かせた。

その日、恵は名高の来店を待っていたが、閉店まで遂に姿を現さなかった。

信頼していた仕事仲間が逮捕されて、ショックを受けたに違いない。だからこそ、恵の前で弱音《よわね》を吐《は》いてほしかった。そうすれば少しは気が楽になるはずなのに。

十時を過ぎると、お客さんは次々に帰り始めた。十時半を回って最後のお客さんも帰ってしまったので、これで早仕舞《はやじま》いにしようとカウンターを出た。

そのとき、入り口の引き戸が開いて江差が入ってきた。

「あら、いらっしゃい」

いつもなら「待ち人来たらずでがっかりした？」とか軽口を叩《たた》くのに、今日は妙に重苦しい雰囲気だった。

「どうぞ、掛けて下さい」

恵は急いで表に出て立て看板の電源を抜いて暖簾を外し、入り口の札を裏返して、閉店仕様にした。

「お待ちどおさま」

恵は急いでカウンターに入ると、瓶ビールの栓を開け、グラスを二つ出して注いだ。

「もしかして、名高さんに何かあったの？」

江差は言いにくそうに唇《くちびる》の端《はし》を曲げた。

「事情聴取された」

「え？」

「垣内との共謀《きょうぼう》を疑われて」

恵はもう少しでビールに咽《む》せるところだった。

「共謀なんて、そんなこと、あるわけないじゃない！」

江差は、またしても言いにくそうに顔をしかめた。

「俺もそう思う。だけど、垣内がシェルターに使っていた建物は、みんな名高さんの名義なんだ」

「それは、上手いこと言われてだまされたんでしょ。少なくとも名高さんが、あのタコ部屋から利益を受けていたとは思えないわ」

「それは調べれば分かるよ。ただ、生活保護の不正受給のために、女の子たちに偽《にせ》の診断書を書いた医者は、名高さんの主宰する社会福祉法人の嘱託医《しょくたくい》でね。ま、診断書が偽《にせ》だって証明するのは難しいけど、垣内のシェルターにいる女の子全員に鬱の診断書を書くって、絶対おかしいよね。おまけにその医者、精神科じゃないんだ」

「それは、その医者が垣内にそそのかされて、金に目がくらんで、偽の診断書を書いただけでしょ」

江差は恵の質問には答えず、先を続けた。

「それともう一つ。垣内のNPO法人は都の委託《いたく》事業の指定を受けて、給付金を支給されることが決まっていた。有識者会議で垣内を推薦《すいせん》したのは名高さんで、都の有力議員に根回しもしていた。こうなると、どうしても二人は一蓮托生《いちれんたくしょう》じゃないかって疑惑が生まれる」

「それもこれも、善意でしたことだと思うわ。垣内みたいな男に利用されたのは不注意で脇が甘かったとしか言いようがないけど、グルだと思われるのは心外だわ」

江差は小さく首を振った。

「俺たちは直接名高さんを知ってるから、潔白だと思える。でも、世間一般の人はそうじゃない」

恵は一瞬、胃の底が冷たくなった。

「まさか、逮捕されたりしないわよね?」

「さすがに、それはないよ。捜査すれば、名高さんが共謀者ではないことくらい分かる。ただ……」

江差は恵から視線を逸らした。

「風評被害というやつがある」

「どういうこと？」

「名高さんが貧困ビジネスのラスボスみたいに、マスコミやネットで書き立てられるってこと」

「どうして？　だって警察は名高さんの潔白を証明してくれるんでしょう」

「ちょっと待った。俺は警察は名高さんをシロだと判断して、逮捕はしないと言った。しかしそこから先は警察の仕事じゃない。世間に潔白を認めさせるのは、名高さんの仕事になる」

「言ってることが、よく分からないわ」

「逮捕されないからといって、世間は潔白とは認めないってこと。つまり、それが風評被害なわけ」

　江差は一度ビールで喉を潤《うるお》してから、先を続けた。

「名高さんの疑惑は、マスコミにはおいしいんだよ。父親は汚職事件で逮捕された元大物代議士。その息子に生まれた本人は、四十を過ぎてから社会福祉事業に身を投じ、いわば大成功した。美談の主と思いきや、実は貧困ビジネスのラスボスだった。すごい、ドラマチックな話じゃない。垣内は叩けば余罪がいっぱいありそうだから、絶対に盛り上がるよ」

恵は江差の言わんとすることを理解した。すると、かつての自分自身の体験が重なって見えた。

「つまり風評被害って、印象なのね」

「ざっくり言えば。だから厄介なんだ。あることは証明できるが、ないことは証明できない。別名、悪魔の証明」

「どうすればいいのかしら」

「気の毒だけど、世間が次の話題に飛びついて、忘れてくれるのを待つしかないと思うよ」

恵は暗澹《あんたん》たる思いで胸がいっぱいになった。

「名高さん、お気の毒に……」

言いかけて、はっと気が付いた。

「お宅の番組でも、この事件を取り上げるの?」

「それは、まだ分からない」

江差は難しい顔で腕を組んだ。

「確かに垣内の件は派手だから、大々的に報道されるだろう。ただ、似たようなNPO法人はいっぱいあって、局が応援してる組織もあるし、議員とのつながりもある。だから下手《へた》につつくと、こっちに火の粉が飛んでくる危険も大ありでね。おそらく、地上波では早めに収束するんじゃないかな。ネットは別だけど」

二本松翠は、マジックミラー越しに、名高宗久《むねひさ》の事情聴取を注視していた。

刑事部の検事として、この貧困ビジネスの事件では、当初から捜査の指揮を執《と》ってきた。似たような事案は東京だけでなく、大阪、神戸、福岡など、日本各地の大都市に広がっていた。同じ手口を使う犯罪組織が各地で誕生したのか、組織を立ち上げて陰で操《あやつ》る司令塔が存在するのか、その解明が捜査の肝《きも》だった。

捜査本部では、垣内寧次に関して、過去の犯罪歴から本人が単独で犯行を企《くわだ》てたとする説と、垣内単独では規模が大きすぎるという説が出ていた。まだどちらが本筋か読めていない。

垣内に数々の便宜《べんぎ》供与《きようよ》をしていることから、名高を捜査本部に呼んで事情聴取することが決まった。

翠はその決定に口を挟《はさ》む気はなかったが、最初から名高はシロだと分かっていた。婚約していた時代もあったのだから、およその人柄は分かっている。欲に駆られて不正を働くようなことは、名高に限ってはないと確信している。それは昔も今も変わらない。

二十年も検事をやっていれば、被疑者がシロかクロか、だいたい見当が付く。二十年ぶりに再会した名高は、昔と変わらぬ清廉《せいれん》さを保っていた。

あのときの私の決断は間違っていなかった。

翠は心の中で呟《つぶや》いた。誇らしさと寂しさが、同時に胸に去来した。

翠は、名高の父が収賄《しゅうわい》容疑で逮捕され、有罪判決を受けたとき、婚約を解消した。検事として生きていくためには、他に選択肢はなかった。

その代わり、翠は自分に罰を課した。名高の心を踏みにじったのだから、自分も同等の罰を受けるべきだと思ったのだ。

私は一生、誰とも結婚しません。

あのときは悲壮な決意だった。時が経《た》つにつれ、何度か婚約直前まで進んだこともあったが、自分は結婚に向いていないと分かった。今では誰とも結婚しなくてよかったと思っている。

だから名高に対しては贖罪《しょくざい》の気持ちと共に、感謝の念も加わった。

事情聴取が終わり、名高は椅子から立ち上がった。名高が取調室を出たタイミングで、翠も廊下に出た。

「名高さん」

翠は背筋をピンと伸ばし、やや大きめの歩幅で名高に近づいた。

「お疲れさまでした。ご協力、感謝致します」

九十度に腰を折って、最敬礼した。顔を上げると、名高は意外なものを見るように、翠の顔を見返した。

「いいえ。翠さんも、お仕事頑張って下さい」

名高は軽く一礼すると、踵《きびす》を返して廊下を去って行った。


ありさは月島のマンションの和室に座っていた。風炉《ふろ》が置かれ、茶室仕様に設《しつら》えてある。月島の指示で、前日から昴が準備したのだった。

今日は薄茶ではなく、濃茶の点前だった。濃茶も今日で三回目なので、少し慣れてきた。

濃茶の菓子は主菓子《おもがし》と言って、餡《あん》を使ったボリュームのある菓子が正式だと教わった。饅頭《まんじゅう》やきんつば、大福《だいふく》、練りきりなどはすべて主菓子だ。

「お服《ふく》加減は？」

月島が尋ねた。

「大変結構でございます」

昴も飲み終わり、茶事は終了した。

ありさは何気なく窓から外の景色を見た。

空の色が、少し青さを増したように見える。秋が深まったからだろう。もうすぐ十月だった。

十月になれば、昴さんは日本を離れてしまう。

そう思うと、急に胸の奥が痛んだ。これはどうしたことだろう。しかし、茶の湯を通して自分の心と向き合うことを続けてきたからなのか、ありさには自分の気持ちが分かっていた。昴と離れるのが寂しいのだった。辛《つら》いのだった。

「ありささん」

突然、昴が緊張した声で言った。

「僕と結婚して下さい」

ありさは息を呑み、大きく目を見開いた。

昴は畳に両手をつき、頭を下げた。

「突然ですみません。でも、もう時間がないんです。僕は十月には日本を離れます。どうか、お願いします。僕と結婚して、一緒にインドネシアに来て下さい！」

ありさは思わず月島を見た。きっと激怒するだろうと思ったのに、意外にもゆったり腕組みして、静かに息子を見つめている。

昴が頭を上げた。緊張しきって、額に汗が浮かんでいた。それを見ると、ありさの胸には喜びが溢れた。

「はい」

答えると、昴は信じられないようにパチパチと瞬《まばた》きをした。

「あの、いいんですか？」

「はい。私も昴さんとずっと一緒にいたいと思っていました。プロポーズして下さるなんて、夢のようです」

昴は言葉を失い、石像のように固まっていた。

「私は外国で暮らしたことがありません。足手まといになることも多いと思います。でも、精一杯努力して、昴さんに〝結婚して良かった〟と思っていただけるように、頑張ります」

「ありがとうございます！」

昴はもう一度平伏した。

そのとき、月島が小さく笑い声を漏らした。ありさは月島が皮肉を込めずに笑うのを、初めて見た。

「こいつは音楽も美術も食も分からん、無趣味な奴だが、女を見る目だけは一級品だった」

ありさは驚きのあまり言葉を失った。

「山添さん、あなたのような伴侶がいてくれれば、昴はこれから、どんなことがあっても、どんな土地に行っても、くじけずにやっていけるだろう。不肖《ふしょう》の息子だが、どうかよろしく頼みます」

月島はそう言って静かに頭を下げた。

急に眼《め》から涙が溢れ出し、ありさはあわてて両手で顔を覆《おお》った。

たまらなく幸せだった。そして、ご縁というものの不思議さに胸を打たれていた。十年も付き合っていたのに、桐ケ谷壮太《そうた》との間には、結婚の具体的なイメージを描けなかった。それが出会って間もない昴には、プロポーズされた途端、夫婦になることがきわめて自然に納得できた。

両手を開いて昴を見ると、昴も顔を上げてこちらを見つめていた。その瞬間、ありさは昴と結婚することは、生まれたときから決まっていたような気がした。

「二人とも、どこへ行っても、お茶の時間を大切にしなさい。結婚祝いに極上の

『楽』を贈るから、たまには茶を点てて飲むんだぞ」

月島はわざとらしく、コホンと咳払《せきばら》いした。


土曜日の開店早々に、名高はめぐみ食堂にやってきた。

前夜、江差から事情を聞かされていたので、どれほど憔悴《しょうすい》しているかと案じていたが、意外にもすっきりした顔をしていた。憑《つ》き物が落ちたという形容がぴったりするほどだ。

「いらっしゃいませ。大変でしたね」

カウンターの席に座った名高におしぼりを差し出し、飲み物を尋ねた。

「瓶ビールを。よかったら恵さんも一杯、どう?」

「ありがとう。いただきます」

恵はビールの栓を抜き、グラス二つに注いだ。軽く乾杯してから、恵は敢《あ》えて訊《き》いてみた。

「邦南テレビの江差さんが、名高さんが風評被害で迷惑を被《こうむ》るかもしれないって、心配してました」

「大丈夫。風評はあくまで風評です。これからもぶれずに活動を続けていけば、いつかは消えるでしょう」

名高の口調は淡々としていたが、力強さが感じられた。

「今日は恵さんにお詫びに来ました」

「え？」

怪訝に思って問い返すと、名高はカウンターに両手をつき、頭を下げた。

「プロポーズしたことです。あれは私の間違いでした。本当に、申し訳ない」

恵は半分はホッとしたが、半分は不可解だった。

「どうぞ、お気になさらないで下さい。実は、そう言われるような気がしてました。でも、どういう心境の変化なのか、聞かせていただけませんか？」

「呪《のろ》いが解けたんです」

恵は意味が分からず、名高の顔を見返した。

「二本松翠という呪いです。私は、多分、彼女を見返したい一心でやってきたんだと思う」

「どういうことです？」

「リベンジですよ。罪人の息子として捨てられたのだから、社会から尊敬され、仰ぎ見られる存在になって、後悔させてやる……。自分では意識していなかったけど、私の心にはそんな気持ちが巣喰《く》っていたんです」

　名高は遠くを見る目になった。

「昨日、事情聴取が済んでから、二本松翠に会いました。丁寧《ていねい》に挨拶してくれましたよ。まるで屈託がなかった。それで気が付いたんです。随分長い間、自分が独《ひと》り相撲《ずもう》を取っていたことに」

　小さく笑った横顔は、少し寂しそうだった。

「そうしたら、何だかバカらしくなってきました。私が、垣内から若年貧困女性の救済計画を持ち掛けられたとき、あんなに前のめりになってしまったのは、それがまだ誰も手を着けていない事業だったからです。一番乗りして名を挙げたかったんですよ、今にして思えばね」

「それもこれも、すべて名高さんの善意から出た行動じゃありませんか。私は立派なことだと思いますよ」

　気休めを言っているつもりはなかった。

「ありがとう。ただ、恵さんとの結婚を望んだのは、亡くなった小夜子の身代わりを求める気持ちからだったと思う。あなたと小夜子は別の人格なのに、私は二人を重ねていた」

名高はビールを呑み干した。

「呪いが解けたら、それまで見えなかった色々なものが見えてきた。多分、自分の気持ちに縛《しば》られて、存在するのに見つめようとしてこなかったからだろうね」

名高はジャケットから財布を取り出し、カウンターに一万円札を置いた。

「恵さん、どうもありがとう。短い間だったけど、いい夢見させてもらったよ」

名高はにっこりと笑顔を見せ、片手を振って店を出て行った。恵もその後ろ姿を、笑顔で見送った。


その夜、十時を過ぎてお客さんが帰り始める頃になって、二本松翠と楓《かえで》姉妹がやってきた。

「いらっしゃいませ。すみません、もうお勧め料理が品切れなんです」

「いいわよ。食べてきたから。おでんと日本酒ね」

翠が言った。ほんの少しだが、呂律《ろれつ》が怪しくなっていた。

「私、牛スジと葱鮪《ねぎま》とつみれ。日本酒はお勧めで」

楓も目つきが少しトロンとしていた。

「ねえ、ママさん。ありさ、結婚したのよ」

「まあ、それはおめでとうございます」

「誰だと思う？」

　一瞬、昴の顔が頭に浮かんだが、敢えて口にしなかった。

「さあ、どなたでしょう」

「前、ありさが『長すぎた春』をすっぱりと断ち切ったとき、テイクアウトを買いに来た人いたじゃない。髭面の」

「はい、はい」

「あの人。びっくりよ。知り合って一ヶ月のスピード婚よ。式も披露宴もなしで、二人で外国行っちゃったんだから」

「決まる話って、早いんですよ」

　そう答えながら、恵はありさと昴に灯っていた、温かな色の明るい光を思い出していた。

　あの二人、きっと幸せになりますように。

　祈るような気持ちで呟いたとき、入り口の引き戸が開いた。

「まだいい？　長居はしないから」

「いらっしゃいませ！」

藤原海斗《ふじわらかいと》だった。

「会食の帰りでね。気取った店でうんざりした。終わったら急にトー飯《めし》が食べたくなっちゃって」

「ありがとうございます。すぐにご用意しますね」

恵がいそいそとトー飯の支度《したく》を始めると、翠がちらりと海斗を横目で見て、楓の脇腹を肘《ひじ》でつついた。

「すごいイケメン」

「そう」

楓はそっけなく答えた。

「もろ、タイプ。ど真ん中」

「またなの？　いい加減、目を覚ましなさいよ」

「それはこっちのセリフよ。あれを見て何にも感じないあんたこそ、いい加減、目を覚ましなさい」

小声で口喧嘩《くちげんか》を続けている姉妹をしり目に、海斗は恵に尋ねた。

「邦南テレビの江差さんから、恵さんが結婚するかもしれないって聞いたんだけど」

「はい。でも、あの話はダメになりました」

「それは残念でした」

少しも残念そうに聞こえない声で言うと、海斗はカウンターから身を乗り出した。

「恵さん、この際うちの『パートナーシップ』に入会しない？　お世話になってるから、入会金は無料にするよ」

恵は笑って首を振った。

「やめときます。めぐみ食堂が妬《や》くと困るから」

海斗も二本松姉妹も、恵の言わんとすることの意味が分からず、首を傾《かし》げた。

三人の視線を受け止めて、恵は微笑《ほほえ》んだ。そして、これからもめぐみ食堂と二人三脚でやっていこうと、決意を新たにしたのだった。

『婚活食堂9』レシピ集

『婚活食堂9』を読んで下さった皆さま、ありがとうございます。

今回も、作品に登場する料理のレシピを書き添えます。

最近は日本料理だけでなく、外国の料理も食卓に登場する機会が増えました。でも、外国生まれの料理も吸収して発展してきた「日本料理」の懐《ふところ》の深さこそ、鍋《なべ》に入れればすべて「おでん」になってしまうおでんの包容力に、一脈通じると思うのです。

それでは皆さま、レッツ、クッキング！

ヤムウンセン風サラダ

〈材料〉2人分

国産春雨《はるさめ》　25g

剝《む》きエビ　80g

A：スイートチリソース　大匙《おおさじ》2

ナンプラー・レモン汁　各大匙1

砂糖　小匙2

ニンニク・赤唐辛子《あかとうがらし》　各適量

B：紫玉ネギ　1／4個

セロリ　1／4本

プチトマト　4個

香菜《シャンツァイ》　2株（約20g）

〈作り方〉

①春雨を袋の表示の通りに茹《ゆ》で、茹で上がる1分前に剝きエビも加えて茹でる。

②ザルに上げて水気を切り、春雨は食べやすい大きさに切る。

③ニンニクは擂《す》り下ろし、赤唐辛子は種を取って輪切りにする。

④紫玉ネギは薄切り、セロリは斜め薄切り、プチトマトは半分、香菜はざく切りにする。

⑤ボウルにAを入れて混ぜ、茹でた春雨と剝きエビ、Bを加えて和《あ》える。

⑥器に盛り、お好みで香菜の葉（分量外）を飾る。

☆ヤムウンセンはもう、日本でもすっかりお馴染《なじ》みですね。暑い季節には特に美味《おい》しい、タイのピリ辛サラダです。

鰹《かつお》の梅塩麴《うめしおこうじ》マリネ

〈材 料〉2人分
鰹の刺身 100g
玉ネギ 1/2個
大葉《おおば》 2枚
塩麴 大匙1
梅干し 大1個
オリーブオイル 大匙1

〈作り方〉
①鰹は塩(分量外)を振って10分ほど置き、熱湯を回しかけ、氷水で冷やして、水気を拭《ふ》き取る。
②玉ネギは薄切りにして水に晒《さら》し、辛《から》みを取る。大葉は千切りにする。
③梅干しの種を除いて包丁《ほうちょう》で叩《たた》き、塩麴、オリーブオイルと混ぜ合わせる。
④ビニール袋に①と③を入れ、味が馴染むように揉《も》み、冷蔵庫で30分~1時間冷やして切る。
⑤器に②の玉ネギを敷き、④を載せて、②の大葉を散らす。

☆麴菌は、味噌《みそ》、醬油《しょうゆ》、酒、みりんなど、日本の調味料の根幹をなしているので、塩麴も和食との親和性は高いはずです。色々な料理に使ってみて下さい。

シラスと空豆のアヒージョ

〈材　料〉2人分

空豆（薄皮をつけたまま）　120g
シラス　70g
ニンニク　2片
赤唐辛子　2本
塩　小匙2
オリーブオイル　カップ1弱（アヒージョ用の鍋の大きさに合わせて）

〈作り方〉

①ニンニクをスライスする。
②鍋《なべ》にオリーブオイル、①のニンニク、赤唐辛子を入れて弱火にかける。
③香りが立ってきたら、空豆とシラスを加え、中火にする。
④③のオリーブオイルがふつふつしてきたら少し火を弱め、空豆の表面が茶色になるまで3～5分煮る。

☆お好みでバゲットを添えてどうぞ。

新ジャガと鯖缶《さばかん》のサラダ

〈材　料〉2人分
鯖の水煮缶　1缶
新ジャガ　250g
新玉ネギ　1／4個
粒マスタード　大匙1
マヨネーズ　大匙2
塩・黒胡椒《くろこしょう》　各適量

〈作り方〉
①鯖缶の水気は切っておく。
②新玉ネギを薄切りにし、少し水に晒してからキッチンペーパーで水気を取る。
③新ジャガは芽を取ってよく洗い、ひと口大に切る。
④耐熱ボウルに③を入れてラップし、600Wで4分加熱する。
⑤④に①②と粒マスタード、マヨネーズ、塩・黒胡椒を加えて混ぜ、器に盛る。
☆ジャガイモをつぶす手間がいらないので、簡単です。調味料は味を見て加減して下さい。
☆ジャガイモの皮が気になる方は、剥いてから調理して下さい。

厚揚げの回鍋肉《ホイコーロー》炒《いた》め

〈材料〉2人分
厚揚げ　1枚
キャベツ　1／4個
ピーマン　2個
生姜《しょうが》　1片
赤唐辛子　1本
サラダ油　大匙1
市販の回鍋肉ソース

〈作り方〉
①厚揚げは半分の厚さに切り、縦半分、横3等分に切る。
②キャベツはざく切り、ピーマンは種を取って乱切り、生姜は千切り、赤唐辛子は種を取って輪切りにする。
③フライパンにサラダ油大匙1／2を入れて火にかけ、厚揚げの切り口を下にして敷き詰め、しっかりと焼き付ける。
④フライパンから厚揚げを取り出し、残りのサラダ油大匙1／2を入れ、生姜と赤唐辛子を入れて香りが立ってきたら、キャベツとピーマンを炒める。
⑤厚揚げをフライパンに戻し、市販の回鍋肉ソースをかけ回し、味を絡《から》める。
⑥器に盛って出来上がり。
☆ひき肉を加えてもOKですが、厚揚げだけのヘルシーさが売りの料理です。

ピリ辛トマトトッポギ

〈材　料〉２人分
トマト　１個
ピーマン　１個
玉ネギ　１／２個
市販の専用調味料付きトッポギ　１袋
サラダ油　適量

〈作り方〉
①トマトはざく切り、ピーマンは種を取って乱切り、玉ネギはくし形に切る。
②フライパンを熱してサラダ油を入れ、玉ネギ、ピーマン、トマトの順に入れて炒める。
③トッポギ用の餅《もち》と専用調味料を加え、餅が柔らかくなって、タレにとろみがつくまで炒めたら、火を止めて器に盛る。
☆今はトッポギだけでなく、チャプチェも材料と調味料をセットにして売っています。手軽に作れるので、挑戦してみて下さい。

カジキマグロの香草焼き

〈材料〉2人分
カジキマグロ　2切れ
塩・胡椒　少々
白ワイン　大匙1
オリーブオイル　大匙2
香草バター…
有塩バター　100g
パセリ　6g
パン粉　大匙4
ニンニク　1片
玉ネギ　20g
塩　小匙1／2

〈作り方〉
①カジキマグロに塩・胡椒と白ワインを振りかけ、10分置き、キッチンペーパーで水気を拭き取る。
②フライパンにオリーブオイルを入れて中火にかけ、①を焼き、仕上げに香草バターを1匙載せる。
☆本文でも登場した香草バターの作り方を紹介します。魚介のソテーには何でもよく合いますので、作っておくと便利ですよ。冷蔵庫で保存すれば、バターと同じくらい長もちします。
①香草バターの材料をすべてフードプロセッサーに入れて攪拌《かくはん》して下さい。
②フードプロセッサーのない方は、ニンニクを擂り下ろし、パセリと玉ネギをみじん切りにし、室温で柔らかくしたバターに、他の材料と共に混ぜ込みます。

ナスの柚子《ゆず》胡椒マリネ

〈材　料〉2人分
ナス　2本
オリーブオイル　大匙1
アンチョビフィレ　2枚
ミントの葉　適量
A：玉ネギ　1／4個
柚子胡椒・醤油　各小匙1／2
オリーブオイル・ワインビネガー
各大匙1

〈作り方〉
①ナスはヘタを取って縦4枚に切り、10分水に晒してキッチンペーパーで水気を拭き、オリーブオイルをまぶす。
②アンチョビは長さ5㎜ほどにちぎっておく。
③玉ネギはみじん切りにし、Aのマリネ液を混ぜ合わせておく。
④グリルパンを中火で熱し、ナスを並べて両面を焼く。
⑤熱いうちに③をかけ、アンチョビとミントの葉を載せる。
☆柚子胡椒と醤油、アンチョビとオリーブオイル。和風とイタリアンの合体に、ミントの葉の爽《さわ》やかな香りがよく合います。

砂肝《すなぎも》の中華炒め

〈材料〉2人分
鶏の砂肝　200g
セロリ　1／2本
乾燥キクラゲ　5g
長ネギ　10cm
生姜　1片
サラダ油　大匙2
酒・塩・片栗粉・ゴマ油　各少々
A：醬油・酒　各大匙1
　砂糖　小匙1
　酢　小匙1／2
　片栗粉　小さじ1
　水　大匙1／2

〈作り方〉
①砂肝は半分に切り、皮目に格子状の切れ込みを入れ、酒・塩・片栗粉をまぶしておく。
②セロリは太めの棒状に、長ネギと生姜は千切りにする。
③乾燥キクラゲは水で戻し、ひと口大に切る。
④Aの片栗粉と水をボウルに入れてよく溶いてから、他の材料を加えてよく混ぜる。
⑤フライパンにサラダ油を入れて中火で長ネギと生姜を炒めて香りが立ったら①を入れ、しっかり炒めてからセロリと③を加えてざっと炒め合わせる。
⑥④をかけ回し、弱火で全体に絡める。
⑦仕上げにゴマ油を垂《た》らし、器に盛る。

エビ餡《あん》かけ蒸し豆腐

〈材　料〉作りやすい分量

絹ごし豆腐　1丁
ゴマ油・黒胡椒　各適量
A：剝きエビ　100g
　鶏モモひき肉　50g
　醬油　小匙1
　片栗粉　大匙1／2
　酒　大匙1／2
　砂糖　少々
　塩　ひとつまみ
　生姜　1／2片
　搾菜《ザーサイ》　20g
　長ネギ　10cm
　香菜　1／2束

〈作り方〉

①豆腐はキッチンペーパーに包んで、室温で15〜20分置き、水気を切る。
②生姜、搾菜、長ネギはみじん切り、香菜は葉を少し取り置いてみじん切りにする。
③Aの材料をよく混ぜておく。
④豆腐を器に入るサイズに切って入れ、Aを等分にかけ、湯気《ゆげ》の上がった蒸し器に入れ、10〜12分蒸す。
⑤仕上げにゴマ油を少しかけ、黒胡椒を少々振りかけて、香菜の葉を載せる。
☆豆腐は1丁丸ごと器に入れても、迫力が出ていいですよ。

崩し豆腐とオクラの中華風和え物

〈材料〉2人分
木綿豆腐　1丁
オクラ　3本
干しエビ　大匙1
水　大匙2
A：醤油　小匙1
ゴマ油　小匙1
塩　ひとつまみ
花椒《ホアジャオ》　少々

〈作り方〉
①豆腐はキッチンペーパーに包んで重石《おもし》を載せ、20分ほど水切りする。
②干しエビは大匙2の水に10分ほど浸《つ》けて戻し、みじん切りにする。
③オクラは板ずりしてさっと茹で、冷水に取って冷ましたら、厚さ3㎜に切る。
④干しエビの戻し汁とAの調味料を混ぜ合わせておく。
⑤ボウルに豆腐を手で崩しながら入れ、③のオクラと②のエビを加えたら、④の調味料を垂らしながら、味が絡むようにスプーンで混ぜる。

☆花椒はなかったら使わなくてOK。ゴマ油だけでも十分中華風になります。

春菊《しゅんぎく》とキノコのサラダ

〈材　料〉２人分

春菊　１束
椎茸《しいたけ》・舞茸《まいたけ》・シメジなどのキノコ
　２００g
ゴマ油　大匙２
塩・黒胡椒　各適量
Ａ：醬油　小匙１
　ワインビネガー　小匙１
　玉ネギ　１／８個
Ｂ：レモン汁　大匙１
　白煎《い》りゴマ　大匙１
　粗《あら》びき赤唐辛子　小匙１／２
　塩　ひとつまみ

〈作り方〉

①春菊は水洗いしてからザルに上げ、キッチンペーパーで水気を拭き取って、葉は食べやすい大きさに切り、茎は薄切りにする。
②玉ネギはみじん切り、キノコ類は幅１㎝に切る。
③ＡとＢはそれぞれよく混ぜ合わせておく。
④フライパンにゴマ油の半量を入れて中火にかけ、キノコを入れて塩・胡椒をし、触らずに焼く。水分が飛んでパチパチと音がし、表面が色づいたら上下を返す。両面が色づいたらＡを加えて炒め、ボウルに移す。
⑤④のボウルに①を加え、残りのゴマ油を回しかけて大きく混ぜ、さらにＢを加えて混ぜ、味が足りなければ塩を加え、器に盛る。

☆ソテーしたキノコと和えるのがミソです。
☆春菊といえば鍋料理ですが、たまにはサラダで生食もお勧めです。

カブとブドウのマリネ

〈材料〉2人分
カブ 2個
ブドウ（皮ごと食べられる品種） 15粒
塩 小匙1／4
A：白ワインビネガー 大匙1／2
オリーブオイル 大匙1／2
ハチミツ 大匙1
ミント ひと摑《つか》み（約5g）

〈作り方〉
①カブは皮を剥き、6～8等分のくし形に切る。
②①をボウルに入れて塩の半量と和え、10分置き、軽く絞《しぼ》って水気を切る。
③ブドウは縦半分に切る。
④Aを混ぜ合わせておく。
⑤②に③と④、残りの塩を加えて混ぜる。塩気が足りなければ足す。

☆カブは意外と果物との相性が良い野菜です。柿《かき》と一緒になますにしてもきれいで美《お》味《い》しいですよ。その際、お酢の代わりに柚子の搾《しぼ》り汁を使うのがお勧めです。

人参《にんじん》のグラッセ

〈材　料〉２人分
人参　１本
Ａ：レモン　20ｇ
水　１００㎖
無塩バター　20ｇ
ハチミツ　大匙１
塩　小匙１／４

〈作り方〉
①人参は皮を剝き、厚さ１㎝の輪切りにし、面取りする。
②レモンはスライスする。
③鍋に人参とＡを入れて蓋《ふた》をし、弱火で10分煮る。
④蓋を取り、中火にして、水分がほぼ蒸発するまで煮詰めたら完成。
☆人参のグラッセといえば、洋食の付け合わせの定番でしたが、私は大好きで、いつもお代わりしたくなりました。
☆面取りは面倒だったらしなくてもＯＫです。

著者紹介
山口恵以子（やまぐち　えいこ）
1958年、東京都江戸川区生まれ。早稲田大学文学部卒業。松竹シナリオ研究所で学び、脚本家を目指し、プロットライターとして活動。その後､丸の内新聞事業協同組合の社員食堂に勤務しながら、小説の執筆に取り組む。2007年、『邪剣始末』で作家デビュー。2013年、『月下上海』で第20回松本清張賞を受賞。
主な著書に、「婚活食堂」「食堂のおばちゃん」「ゆうれい居酒屋」シリーズや､『バナナケーキの幸福』『風待心中』『夜の塩』『トコとミコ』『いつでも母と』、共著に『猿と猿回し』などがある。

目次･主な登場人物･章扉デザイン――大岡喜直（next door design）
イラスト――pon-marsh

本書は、書き下ろし作品です。

PHP文芸文庫　婚活食堂９

2023年５月22日　第１版第１刷

著　者	山口恵以子
発行者	永田貴之
発行所	株式会社ＰＨＰ研究所
東京本部　〒135-8137 江東区豊洲5-6-52
文化事業部　☎03-3520-9620（編集）
普及部　☎03-3520-9630（販売）
京都本部　〒601-8411 京都市南区西九条北ノ内町11
PHP INTERFACE　https://www.php.co.jp/
組　版	朝日メディアインターナショナル株式会社
印刷所	図書印刷株式会社
製本所	東京美術紙工協業組合

ISBN978-4-569-90306-4

PHP文芸文庫

バナナケーキの幸福

アカナナ洋菓子店のほろ苦レシピ

山口恵以子 著

「ママ、ケーキを売ろう。人生リベンジしよう」熟年離婚した母と恋愛下手の娘が洋菓子店を始めようと奮闘するハートフルストーリー。